ÉLÉONORE

DEBEAUVAL,

ou

LES CRIMES D'UN AMBITIEUX.

ÉLÉONORE
DEBEAUVAL,

OU

LES CRIMES D'UN AMBITIEUX;

PAR

Mᵐᵉ. LOUISE DAURIAT,

Auteur de CHARLES VALENCE, etc.

Orné d'une très-belle gravure, dessinée
par CHASSELAT.

TOME QUATRIÈME.

PARIS,

CHEZ A. MARC, LIBRAIRE,

Auteur et Éditeur du *Dictionnaire des Romans*,
à son Magasin de la rue Rameau, n°. 11, quartier
du Palais-Royal.

1822.

ÉLÉONORE

DE BEAUVAL,

ou

LES CRIMES DE L'AMBITION.

Vers la fin de 1788, poursuit Lodoïska par l'organe de M. Edmon,
le comte Hertfort, neveu de lord
Berestfort, arriva d'Ecosse, où il
avait rempli une mission assez im-
portante. Excepté son oncle, personne de notre maison ne le connaissait. Il nous parut intéressant
autant sous les rapports physiques
que sous les rapports moraux. Sa

conversation ni ses manières n'a-
vaient rien de ce flegme de la
plupart des jeunes Anglais ; il avait
même cette dignité qui plaît tant
chez les hommes et les femmes de
votre beau pays. Son accent était
doux , son regard était pénétrant ,
son sourire était on ne peut plus
gracieux ; et la plus rare franchise
était exprimée sur sa figure. Cette
sorte de franchise était en même
temps un des plus beaux ornemens
de son caractère , et j'en fus bientôt convaincue ; car il n'y avait
pas plus d'un mois qu'il était avec
nous , qu'il me dit tout nettement ,
et tandis que nous déjeunions :
Madame , je ne puis plus vous en

faire un mystère, je vous aime de toute mon âme. Il est temps que je me marie ; voulez-vous m'honorer de votre main ? Je vous jure de faire tout ce qui dépendra de moi pour vous rendre heureuse. Madame, je ne vivrai uniquement que pour vous et nos chers enfans ! Je vous en conjure, agréez-moi ! Madame, ajouta-t-il en s'adressant à ma mère, si madame votre fille daigne m'être favorable, daignerez-vous y consentir ? Notez qu'en parlant ainsi, il tenait sur ses genoux mon petit Ernest, mon cher fils, qui me mit au comble de l'embarras, voyant que nous gardions tous un peu de silence, en se chargeant de nous interpeller et de nous forcer pour ainsi dire à répondre, en me disant d'abord : Eh ! réponds donc, oui, ma bonne amie (il ne m'appelait jamais autrement) ; il est bien bon, bien aimable, Hertfort ; il faut qu'il soit ton mari. Et toi, marraine, tu le veux bien ? et toi aussi, mon parrain, n'est-ce pas ? Oh ! ma bonne amie, dis donc oui, je t'en prie... Puis, il joignait ses petites mains avec une grâce ravissante.

Hertfort ne pouvait contenir sa joie et sa sensibilité en entendant les paroles de cet enfant qu'il ne savait pas être le mien. Bientôt il le couvrit de baisers, en lui disant :

Ah ! cher petit, Dieu soit mille et
mille fois béni ! Il a daigné t'inspi-
rer dans ce moment. Répondez
tous trois, nous dit-il, à ma mère,
à son oncle, et à moi ; répondez,
nous dit-il avec un aimable attendrissement et un air de triomphe.
Mais je ne pus résister à mon trouble, à mon embarras ; je me levai
de table et me retirai ; ce qu'heureusement l'aimable Hertfort ne
prit pas en mauvaise part. Demain,
lui dit son oncle, tu viendras me
trouver dans mon cabinet, et je te
dirai ce qu'on aura décidé. Ce fut
ainsi que dans ce moment lord Berestfort nous tira d'embarras.

Aussitôt qu'Hertfort fut parti,

nous tînmes notre petit conseil de
famille ; toutefois non en présence
du petit *harangueur*. Moi, je dis
tout simplement que je ne devais
pas penser au mariage ; que je n'aurais jamais la force de cacher mon
malheur à Hertfort, en ce que ce
serait le tromper ; et que, d'une
autre part, me devant toute à mon
enfant, je ne saurais m'en séparer :
puis, enfin, qu'il fallait baser mes
refus sur ma propre volonté qui
était de rester fille. Ma mère fut
assez de mon avis ; mais elle avoua
qu'elle serait bien heureuse si la
vertu d'un honnête homme savait
réparer ma disgrâce. Madame de
Lagrange dit que tout ce qui était

du noble sang de lord Berestfort
pouvait bien être capable d'une
telle générosité. Eugénie approuva
très-affirmativement, et Berestfort
dit, après avoir réfléchi un moment:
Mes bonnes amies, j'oserai être de
l'avis de madame de Lagrange.
Mais, Lodoïska, dites-moi, aime-
riez-vous Hertfort ? — Oui, milord.—Eh bien ! si je ne me trompe,
il est à vous. — Mais, milord, il
faut donc qu'il sache... — Laissez-
moi faire. — Mais, mon fils ? —
Rien ne vous en séparera ; et puis,
je vous le répète, laissez-moi faire;
reposez-vous sur moi, je saurai pénétrer dans tous les sentimens de
mon neveu, avant que de disposer

des secrets de celle qu'il m'est si doux d'appeler ma fille.

L'aimable homme queBerestfort! Dès le lendemain, et de meilleure heure possible, Hertfort se rend auprès de son oncle. Hertfort a été depuis le moment qu'il nous a quittés, dans une grande agitation ; il a réfléchi sur ma sortie de table ; il craint qu'un autre que lui ne l'ait devancé, et par conséquent il craint un refus ; enfin, il a fait des réflexions qu'il n'avait point faites d'abord, tant les paroles si bien dites à propos, par le petit Ernest, l'avaient transporté de plaisir, et rempli du plus doux pressentiment, quand surtout elles lui avaient

semblé occasioner un trouble en-
chanteur dans toute ma personne.

Ce fut ainsi que Berestfort s'en-
tretint avec lui. Mon ami, tu aimes
donc bien sincèrement Lodoïska ?
Oh ! mon oncle, je n'ai pas assez
d'expressions pour vous en assurer.
— Fort bien. Mais si elle pensait
que des obstacles insurmontables
dussent l'empêcher de s'unir à toi,
que ferais-tu ?—Tout, mon oncle,
pour l'en dissuader. — Si elle ne te
les déclarait point, ces obstacles ; et
si elle-même, en t'aimant, voulait s'opposer à t'épouser, quelle
serait ta résolution ? — Je serais au
désespoir ; et je ferais comme mon
oncle, dès l'instant qu'il a aimé

celle qu'il a le bonheur de posséder aujourd'hui. — Je te plaindrais, mon ami, si tu étais condamné à souffrir ce que j'ai souffert pendant vingt ans! — Je m'y verrais bien certainement condamné; mais, en grâce, mon oncle, dites-moi, si vous les savez, comme d'ailleurs je ne dois pas en douter, ces obstacles que Lodoïska voudrait croire insurmontables. — Elle ne m'a pas commandé de disposer ainsi de ses secrets; cependant elle s'en remet à moi pour ce qui concerne ses intérêts les plus chers. Et je voudrais en conséquence qu'un peu de perspicacité de ta part... — Ah! mon oncle, en ce cas, vous me permet-

tez quelques conjectures!...— C'est
cela même. — Eh bien! Lodoïska
aurait-elle été forcée de promettre
sa main ? — Non.— Aimerait-elle ?
—Non.—Aurait-elle aimé ?—Oui;
mais elle hait et méprise aujourd'hui
celui qu'elle aima, je puis dire éperdument !—Eperdument ?... Mais,
parce qu'elle aurait été trompée
dans ses premiers sentimens, cela
peut-il être un obstacle insurmon-
table à notre union, si elle me sup-
pose digne d'elle ? L'homme qui a
eu l'audace d'aspirer à sa possession
alors qu'il n'était qu'un objet de
mépris, serait-il donc l'auteur de
tous mes maux ? lui aurait-il
appris à se méfier des autres hom-

mes ? — Cela pourrait être ; mais
elle ne le prendrait jamais pour la
cause déterminante des refus qu'elle
te ferait. Lodoïska, mon ami, te
trouve digne, et très-digne d'elle ;
mais son devoir, dit-elle, lui dé-
fend une félicité dont elle ne veut
plus se croire digne elle-même....
— O ciel ! que dites-vous ! L'infortunée ! Cet homme a-t-il donc abusé
de son innocence ? avouez-le, mon
oncle, avouez-le, je vous en conjure!—Oui, Hertfort, le plus fourbe
des fourbes..... un monstre affreux
l'a précipitée dans un abîme de douleurs!..... — Eh bien ! le crime de
ce misérable peut-il donc rejaillir
éternellement sur elle ? Non, non,

elle ne peut plus être déshonorée !
Quelle preuve plus certaine que la
tendresse que vous lui portez ! Voilà
six ans qu'elle est sous vos yeux ;
je le dis, l'honneur de Lodoïska
est réparé ; et, si j'ai quelques
vertus, je dois, comme vous, res-
pecter et protéger le malheur ! —
Cher Hertfort ! qu'il m'est doux
de t'entendre parler ainsi ! Oui,
respecte le malheur, trop parfait,
de Lodoïska !...Ami, tu le peux ;
la vertu est rentrée pour jamais
dans son âme ulcérée.... — Ah,
mon oncle !... maintenant je sais
tout, oui, absolument tout !....
— Eh bien ! parle. — Je n'en doute
plus !..... Ernest ! ce jeune enfant

qui me causa hier tant de plaisir et d'attendrissement... — Achève. — Est le fils de cette infortunée! — Oui, mon ami. — Eh bien donc! que sans retard elle devienne mon épouse; qu'Ernest porte aussi mon nom, et qu'il soit mon fils.

A ces paroles, lord Berestfort ouvre ses bras à son neveu; et le pressant vivement sur sa poitrine : Viens, s'écrie-t-il, viens toi-même exprimer à Lodoïska tes vertueux sentimens; viens lui persuader qu'il peut être pour elle une véritable et constante félicité..... Et tous deux aussitôt se présentent à nous. Berestfort parle d'abord quelques momens sans être interrompu, et Hert-

fort se précipitant à mes pieds,
achève de remplir mon cœur des
plus vives et des plus touchantes
émotions, et je n'ai que des pleurs
pour lui répondre. Cependant je
puis enfin lui tenir ce langage :

Milord, ma reconnaissance est
sans bornes, et nul doute que vous
n'ayez trouvé le chemin de mon
cœur; mais pour ce que vous me
proposez à l'égard de mon fils, je
ne l'accepterai jamais. Ma conduite
coupable ne doit pas être rachetée
aux dépens de tant de vertu et de
générosité. Mon cher Ernest n'igno-
rera pas sa naissance ni le crime
de son père.... C'est à cette seule
condition, milord, que j'oserai

répondre à vos vœux et à votre amour qui achevera de me rendre à mes yeux digne encore de la société.

Hertfort me saisit alors les mains, les couvre de baisers; et craignant de ne pas m'obtenir s'il cherche à me contraindre lui-même, dit qu'il n'aura pas d'autre volonté que la mienne; mais que pourtant il lui serait bien doux.... Mais il n'achève pas, et regarde son oncle qui, ainsi que madame de Lagrange, insiste, mais vainement, pour me faire changer de sentiment; et je demeure d'autant plus inflexible à cet égard, que ma mère et Eugénie se rangent de mon côté.

Peu de jours après je fus mariée :
devenue comtesse de Hertfort,
j'osai croire alors à un bonheur
constant. Combien je me trom-
pai !.....

Lorsqu'en 1789, il fut bien décidé que la France voulait sortir de
la situation dans laquelle l'avait
placée, depuis huit siècles, un concours de pouvoirs, de puissances,
en opposition avec les droits na-
turels des nations, toute l'Europe,
et vous ne l'ignorez pas, en res-
sentit une vive commotion. Dès
cette époque, on ne douta pas que
cette nouvelle révolution ne dût
tenir dans l'histoire des hommes
une place immense, par les événe-

mens extraordinaires que ferait naître le développement de ces principes, qui n'étaient pas de nature à rétrograder, quelle que fût l'opposition qui osât les combattre; et tous les amis de la liberté, de quelque pays qu'ils fussent, tournaient avec le plus grand intérêt leurs regards sur la France. Hertfort était de leur nombre, et souhaitait ardemment de considérer de près les événemens politiques qui allaient se succéder avec une rapidité inconcevable, mais toutefois inévitable dans l'effervescence d'esprit et de sentimens qui régnait alors.

Ce fut en juillet 1790 que nous

résolûmes d'aller en France; car je
ne voulus pas m'opposer à ce vœu
de mon époux qui n'aurait pas voulu
faire ce voyage sans moi. Je laissai
donc mon cher fils avec ma mère
et son parrain; et en quittant ces
trois êtres chéris, quoique je ré-
pandais beaucoup de larmes, hélas!
j'étais bien loin de supposer que je
leur faisais un dernier adieu!....
Non, je ne les reverrai jamais,
puisque depuis vingt-sept ans passés,
quelles que fussent mes recherches,
je n'ai pu découvrir leur asile! Ah!
pardonnez-moi les larmes que je
répands en ce moment....

Ce fut donc peu de jours avant
le 14 juillet que nous arrivâmes à

Paris. Je dois, avant de vous donner d'autres détails, vous parler de madame de Lagrange : elle nous précéda, avec Eugénie, d'un an dans cette ville. Madame de Lagrange, quelques mois avant la prise de la Bastille, ne recevant plus de nouvelles des personnes qui s'étaient chargées de faire faire et de faire elles-mêmes des démarches, et de lui donner des renseignemens dès qu'elles pourraient s'en procurer, et qui n'avaient cessé de correspondre avec elle par intérêt et amitié, nous crûmes devoir alors envoyer à Paris un homme de confiance, chez ces mêmes personnes qui étaient les propriétaires de l'hôtel garni où

madame de Lagrange était des-
cendue avec son époux, lors de
son arrivée dans cette capitale. Ces
personnes étaient deux, et étaient
le mari et la femme. Elle reçut
pour toutes nouvelles que ces êtres,
si sensibles et si zélés pour elle, ne
vivaient plus ; et que le propriétaire actuel de l'hôtel avait répondu tout nettement, lorsqu'il lui
fut proposé d'établir des relations
avec elle, pour les motifs dont on
lui fit l'exposé, qu'il n'avait pas le
temps de s'occuper des affaires des
autres. L'envoyé crut qu'il était
prudent de parler à plusieurs mar-
chands du voisinage, et qui étaient
le plus proche de l'hôtel, de l'objet

de ses démarches ; ils lui promirent
tous que si le bonheur voulait que
cette victime de l'arbitraire s'adres-
sât à eux, ils s'empresseraient de la
rendre à sa chère famille. En effet,
il était probable que M. de Lagrange, s'il n'avait pas succombé
sous le poids de ses peines, et s'il
était libre, fît d'abord cette démarche ; si pourtant encore, depuis
vingt-six ans, les noms du quartier
et de la rue où était cette maison
garnie, n'étaient pas échappés de
sa mémoire. De plus, ce n'eût point
été à Lausane qu'il eût pu retrouver
son épouse ; puisque non-seulement elle n'y connaissait plus personne, mais elle n'y était plus

connue. Mais toujours frappée de
l'idée qu'il avait été plongé dans
cette fameuse prison d'État qui
venait si heureusement de tomber
sous la hache de vainqueurs justement irrités de sa coupable antiquité, madame de Lagrange ne
peut plus attendre dès qu'elle ap-
prend cette victoire des Parisiens :
elle part; et, arrivée à Paris, se
transporte à l'hôtel en question, et
s'y loge aussitôt. Mais elle n'est pas
peu surprise lorsque quelques heures
après son installation, et l'ayant
beaucoup considéré, elle est convaincue que le maître de la maison
est le ci-devant domestique favori de
l'auteur de ses peines ! C'est donc

vous, lui dit-elle aussitôt, qui n'avez pas le temps de vous occuper des affaires des autres ! vous ne me reconnaissez pas ? — Non madame. — Cela se peut; mais vous avez été domestique de *** ? — Oui, madame. — En ce cas, vous avez connu le malheur de madame de Lagrange, et vous n'ignorez rien du sort de son époux ? — Madame... — Et c'est sans doute parce qu'on est venu vous parler de ces deux victimes, que vous avez répondu que vous ne vous occupiez des affaires de personne ;... et tout mort qu'il est, vous soutenez encore les vices de votre abominable maître. Eh bien ! je vous forcerai à

me reconnaître ; je vais trouver des
magistrats qui vous sommeront de
dire la vérité, qui vous ordon-
neront, s'il respire encore, et si,
libre aujourd'hui, il peut arriver
jusqu'ici, d'accueillir mon infortuné
mari. Que dis-je ? il est peut-être
déjà venu ! Mais je vais faire répandre aujourd'hui même dans les
feuilles publiques, et faire afficher
dans la capitale, que c'est chez
vous que je demeure ; et vous serez
contraint.... Ah ! madame, s'écrie
aussitôt cet homme en interrompant
madame de Lagrange qui fondait
en larmes en lui parlant ainsi, et
en en versant lui-même, daignez
m'entendre, je vous en supplie !..Si je

4.   3

n'eusse pas obéi, j'étais un homme
perdu, puisque j'étais dans la con-
fidence. Vous ne pouvez pas dire
que je me sois mal comporté envers
vous. Madame, veuillez bien vous
en souvenir; plus d'une fois je vous
ai plainte; je n'ai, dans plus d'une
circonstance, obéi qu'à regret. En
grâce, n'allez pas faire savoir que
j'ai servi mon maître dans une action si criminelle. Encore une fois,
j'étais perdu si j'eusse hésité, et cela
ne vous eût pas préservée de votre
malheur. Quant à M. de Lagrange,
il fut mis à la Bastille. Mais depuis
la mort de son indigne persécuteur,
je n'en ai jamais entendu parler; et
j'atteste le Ciel que cet époux mal-

heureux ne s'est point encore pré-
senté chez moi. Oui, j'ai servi un
homme bien odieux ; mais je ne
saurais l'imiter ; et si j'avais vu cette
autre victime, quoi que j'aie pu dire
à votre envoyé, je n'aurais pu résister à lui indiquer où vous étiez,
puisque je le savais. Oui, la crainte
m'a fait répondre une sottise ; mais
je vous en demande pardon ; et
pour expier une si grande faute, je
suis prêt à faire des sacrifices si vous
l'ordonnez ; je suis prêt à faire
toutes les démarches qui seront en
mon pouvoir. En grâce, madame,
mettez-moi de suite à l'épreuve, je
vous en conjure. Hélas ! on est plus
à plaindre que vous ne pensez,

quand on est réduit à servir des êtres perdus de débauches, et qui font la honte de l'humanité !

A peine cet homme a-t-il cessé de parler, qu'un de ses domestiques vient le demander pour le service de sa maison ; et il est obligé de se retirer.

Malgré ce qu'elle venait d'entendre, madame de Lagrange, se concertant avec Eugénie, crut qu'il fallait, en attendant les démarches qu'elles avaient à faire, prévenir les voisins chez qui l'envoyé s'était rendu, qu'elles étaient arrivées à l'hôtel ; et alors Eugénie sortit tout aussitôt pour cela.

Mais admirez, je vous prie, la

bizarrerie des circonstances! Eugénie n'a pas fait deux pas hors de
la maison, que deux hommes venant devant elle, dont l'un est un
vieillard fort décrépit, et l'autre
un garde-française, lui demandent
si elle demeure dans cette maison.
Elle répond affirmativement. Et
comment, madame, lui demande
le vieillard qui donnait le bras au
garde-française, nomme-t-on les
propriétaire de cette maison? Aussitôt elle lui dit le nom du propriétaire actuel. Ah! dit-il avec
affliction à son conducteur, ce ne
sont plus les mêmes !... Eugénie, à
l'accent de ce vieillard, à sa con-
tenance, se sent toute émue !....

Mais il est trop vieux!... Oh non!...
ce ne peut être.... Mais quoi!... le
malheur!.. Ah! combien de pensées
en une minute se succèdent dans
son esprit. Monsieur, dit-elle vivement à ce vieillard, qui cherchez-
vous?.... Qui je cherche? lui ré-
pond-il. Ah! madame, je cherche
ma femme et mon enfant!—Ciel!
s'écrie-t-elle, eh! d'où sortez-
vous? — De la Bastille. — De la
Bastille?... et on vous appelle de
Lagrange? Oui, madame, dit le
vieillard tout saisi d'étonnement, de
crainte et d'espérance..... Grand
Dieu! dit Eugénie, s'écriant de
nouveau, c'est lui-même!... Oui,
c'est lui!... c'est mon père! Et en

proférant ces mots, elle s'évanouit!

Que devient alors M. de Lagrange! Il veut s'élancer vers sa
fille qu'heureusement le garde-
française a retenue dans ses bras;
mais lui-même, se sentant fléchir,
tombe sur le sein de ce brave militaire, en perdant à son tour l'usage
des sens!

Bientôt ce tableau attire une foule
de personnes; on interroge le garde-
française: Eh! messieurs, répond-
il, c'est un homme qui, après avoir
été renfermé vingt-six ans à la Bastille, en deux mots d'explication,
vient de retrouver son enfant.
Aussitôt chacun s'empresse de secourir et le père et la fille: on les

place sur le banc de pierre de la
maison contiguë à l'hôtel garni ; on
leur fait respirer des sels , des eaux
spiritueuses , et c'est à qui pourra
les soulager.... Ah ! dit le garde-
française , nous ne verrons plus de
ces victimes-là ! nous l'avons anéantie
cette affreuse prison ! Oui , oui , répondent plusieurs assistans , nous
l'avons anéantie ! Et moi aussi , dit
l'un , j'étais à cette journée ! Et moi ,
dit l'autre , je m'y suis bien battu !..
Vive la nation ! crie alors une
vieille femme qui était dans la
foule , vive la nation ! vivent les
gardes-françaises ! lui répondent
d'autres voix ! Et ces acclamations
se répètent vivement ! Aussitôt ma-

dame de Lagrange , dont l'appartement est au premier étage , se met
à la fenêtre : qu'aperçoit-elle ? Eugénie pâle, sans mouvement, au
milieu de cette foule. Aussitôt elle
descend, et la voilà elle-même
parmi le nombre qu'elle a traversé
pour voler au secours de sa fille
que seule elle a vue d'abord... Mais
ensuite quel est ce vieillard tout
près d'Eugénie et dans le même
état ?.... C'est son père, lui dit-on,
c'est son père !... Ah! s'écrie-t-
elle, c'est mon époux !..Et alors elle
se précipite sur ces deux êtres chéris
qu'elle presse tour à tour sur son
cœur, avec un transport inexprimable, mais bientôt suivi d'une

faiblesse totale ! Quelle autre scène encore ! Alors tous les yeux sont noyés de pleurs ; on n'entend plus que des soupirs, que des sanglots, expressions si touchantes de la compassion des hommes !

Le maître de l'hôtel avait suivi aussitôt madame de Lagrange. Il prie les assistans de permettre que l'on rentre chez lui cette chère et intéressante famille, qui y est accompagnée des vœux de repos et de bonheur, et des bénédictions de cette foule sensible !

Ce ne fut que le 21 juillet que M. de Lagrange put commencer ses recherches ; le jour même, comme vous le voyez, de l'arrivée

de son épouse à Paris. Sa délivrance
le frappa d'une si grande surprise,
qu'il faillit d'en mourir; mais il fut
secouru à temps par le garde-française dont il est fait mention, et qui
le mena chez ses bons parens qui
prodiguèrent à cette victime de
l'arbitraire tous les soins que récla-
mait sa triste situation.

Avec quelle joie nous apprîmes
ces heureux événemens! avec quel
attendrissement nous lûmes la lettre
qui nous en donnait les détails!
« Hélas ! mon pauvre mari, nous
» mandait aussi madame de La-
» grange, n'a pas plus de cinquante
» ans, et il en paraît au moins
» soixante-dix ! O les monstres que

» ceux qui usent de leurs priviléges
» pour accabler l'honneur et la
» vertu ! »

Jusqu'au moment que nous arrivâmes, nos amies et leur bien-aimé
de Lagrange, ne cessèrent de nous
donner les relations les plus exactes
possibles de tout ce qui se passait
à Paris. Ces relations étaient extrêmement intéressantes, d'autant
plus qu'elles étaient accompagnées
des réflexions du patriotisme le plus
pur. Vous n'avez pas de peine à
croire qu'un tel sentiment ne
pouvait pas être équivoque chez
ceux qui avaient un si puissant
motif d'abhorrer le despotisme !
Ainsi que je viens de vous le dire,

nous arrivâmes peu de jours avant la fédération. Nos amis avaient, ainsi que nous en étions convenus, préparé un logement dans lequel nous pussions être réunis tous cinq ; c'est-à-dire, que nous ne voulûmes pas nous mettre en hôtel garni. M. de Lagrange nous écrivit à ce sujet une lettre pleine de sensibilité et de reconnaissance, bien que ce n'était pas la première que lui avaient dictée pour nous des sentimens si nobles et si touchans. Aussi lui répondîmes-nous très-clairement, qu'il fallait qu'il se regardât comme notre frère ; que sa femme et sa fille se garderaient bien de le voir autrement à notre égard, et

que c'était pour cela que nous avions
pour elles un si grand attachement.
Mais parlons de notre arrivée.

Quel jour que celui de cette
fédération ! Avec quel ravissement
nous contemplâmes cette fête d'im-
mortelle mémoire ! Tout ce que
l'antiquité inventa de plus grand,
de plus magnifique pour célébrer
les jours de la gloire et de la liberté,
apparut alors aux yeux éblouis d'un
concours immense de citoyens ! Ah !
comme les élans du patriotisme et
de cette liberté ont de charmes,
d'éloquence et de dignité ! Alors
l'étranger, accouru de toutes parts,
partageait les transports de la
France entière, qui semblait s'être

réunie dans la plus vaste cité du monde! Alors..... mais qu'allais-je dire ?.... assez on vous a retracé ce tableau où toutes les richesses du génie, et toute la majesté du sentiment, ont été déployées à l'envi!

Hertfort n'avait pas d'expressions pour peindre à Berestfort tous les sentimens que lui inspirait tout ce qui se passait en France. Ils méritent d'être libres, les Français, répétait-il souvent! Il était rempli d'admiration pour les orateurs de cette époque. Elle est belle, elle se fait bien, disait-il, cette révolution. En 91, il fut encore plus convaincu de la sagesse du peuple et de celle de ses nobles représentans : Louis XVI,

disait-il, peut être le plus puissant monarque de la terre ; le
peuple l'idolâtre ! Qu'il tienne bon
avec le peuple ; mais rien qu'avec
le peuple !... Point de contre-révolution... car tout est perdu... Hélas !
le vingt-un juin arriva, accompagné
d'un si funeste événement, qu'Hertfort en fut tout aussi affligé que
s'il eût été Français. Ensuite vint
le 10 août 1792, et il prévit tout
ce qui allait en résulter. Deux
ans s'étaient donc déjà écoulés en
observations pour Hertfort ; et,
comme je voyais qu'il dévorait
pour ainsi dire la politique française
et européenne, je me gardai bien
de lui témoigner trop d'empres-

sement de retourner en Angleterre, dans l'appréhension de le contraindre, car il eût cédé à mes instances; mais combien ne l'aurais-je pas privé de méditer sur des événemens si importans, d'autant plus qu'il en faisait la relation. Il avait amassé les documens les plus précieux; il s'était lancé dans ce qu'il y avait de plus famé à ces époques, en députés, en ministres, généraux, ambassadeurs, diplomates français et étrangers; publicistes et philosophes de toutes espèces. Il avait, avec les soins les plus minutieux, recherché de toute part les moyens de s'éclairer, afin de ne pas s'égarer dans son jugement, ainsi que tant d'écrivains se sont depuis égarés dans le leur. C'est-à-dire, afin de ne pas mettre son opinion en place de celle du peuple ; afin de ne pas indiquer la postérité la plus reculée à de certaines réputations qui devaient bientôt tomber dans le mépris et dans l'oubli ; afin de ne pas rendre à l'hypocrisie, à la bassesse, aux crimes les plus odieux, les honneurs et les respects qui ne sont dus qu'à la vertu et au malheur ! Et dans son amour de l'ordre, de la liberté et de la gloire, Hertfort s'était senti capable de la plus sévère impartialité. Aussi son histoire de la révolution française, jusqu'en

mai 1794, est telle que nul gouvernement en France, et même en
Europe, n'en permettrait de long-
temps la publicité.

Comme j'ai gardé dans ma mémoire la définition qu'il a donnée
des mots, révolution et contre-
révolution, je vais vous la faire
connaître dans tous ses détails ; ce
peu de diversion ne saurait nuire
à mon récit.

« Que signifie le mot révolution ?
expiration d'un terme dans toute
autre chose que les affaires d'État :
le terme est révolu, etc. etc. Et dans
les affaires d'Etat : innovation, chan-
gement dans l'ordre de choses accoutumé. Nulle révolution dans un

État ne s'opère sans secousses plus ou moins violentes. Une révolution, pour mériter son nom, doit être complète ; elle est complète par le fait d'une majorité dans les individus appelés à cette révolution. Une révolution a des causes : l'oppression, l'avilissement de la majorité, doivent la susciter indubitablement ; et tout ce qui s'oppose au mouvement général, est en ce cas, injustice, rébellion ; et ceux qui font partie de cette sorte d'opposition ont acquis la honteuse qualification de révoltés. Un peuple qui fait une révolution ne peut la faire que par une obligation incontestable, sans quoi il n'aurait qu'à y perdre. Les révolutionnaires, dans quelque Empire que ce soit, sont d'abord des réclamans; il ne faut donc pas les irriter par des refus ou de fausses promesses, encore bien moins dédaigner leurs remontrances. Ils s'offrent d'abord en force, et s'ils pardonnent un moment aux dédains du plus faible, dans l'espérance de l'amener au bien, ce n'est pas pour qu'il se détermine aux odieuses ressources de l'intrigue. Ici la générosité du parti le plus nombreux cesse, et les rigueurs de la révolution s'appesantissent sur les contre-révolutionnaires; et leur misère ou leur supplice sont presque toujours en

raison des moyens qu'ils ont em-
ployés dans le système des conspi-
rations.

Les peuples révolutionnaires n'ont
point pour mot de ralliement, *anarchie*, *terreur*, *brigandage*. Ils ne
marchent point sous de telles en-
seignes; ils demandent à haute voix
des hommes éclairés pour les main-
tenir dans un état de choses dont
ils sentent le besoin, mais dont
leur multitude ne peut pas se char-
ger de régler les détails. Il leur
faut donc des hommes de confiance;
ils savent que ces hommes sont au
milieu d'eux; mais les peuples seuls
tiennent la massue d'Hercule : car
ces hommes que leur choix a déjà

dénommés, n'auraient pu creuser
de leurs propres mains les sources
du bien que la tyrannie pouvait
seule détourner de leur direction
naturelle. Soumis aux décrets d'une
raison qu'ils se sont imposée, les
peuples révolutionnaires attendent
la naissance des nouvelles institutions pour lesquelles ils se sont levés
en masse; ces institutions, ils les ont
expliquées par leurs vœux, et n'attendent que le moment de sanc-
tionner l'œuvre des législateurs. De
bons législateurs peuvent facilement imprimer le respect dans
l'âme des citoyens qui leur ont demandé des lois sages. Le peuple a
le tact juste. Si l'on ne dévie pas,

son obéissance rend inébranlable un pacte constitutionnel ; et les législateurs et le peuple peuvent longtemps se complaire dans leur propre ouvrage.

Les grands crimes, qui épouvantent l'univers dans le cours des révolutions, ne leur appartiennent pas ; ils sont tous nés des contre-révolutions nées le même jour que les révolutions. On peut s'en convaincre dans l'histoire des peuples qui ont secoué le joug de l'oppression. Toujours une contre-révolution s'est appliquée, dans tous ses moyens, à rendre odieux le système d'un gouvernement libre, qui certes ne fut jamais celui de la li-

cence, parce que le patriotisme ne
se déshonore jamais. Et là où se
montrent cette licence et les atrocités politiques, on ne doit plus
reconnaître qu'un concours infâme
de séditions ; et alors on pourrait
dire de celui qui viendrait en fermer l'abîme, qu'il serait le plus
grand homme de son siècle.

Une contre-révolution devient
si précoce ; elle est si féconde
en ressources, que quand la révolution croit avoir terminé sa tâche ;
quand elle aspire au repos, l'infa-
tigable contre-révolution poursuit
avec plus d'acharnement encore ses
projets et ses espérances. D'après ce
qui est dit ci-dessus, c'est donc la

4. 5

contre-révolution qui abat les cultes, qui les soüille ; ses émissaires sont partout ; ce sont eux qui prêchent la licence, la démagogie, le meurtre et les proscriptions ; c'est elle enfin qui dresse les échafauds, et désole la terre de la liberté.

Il faut bien se persuader qu'une nation heureuse n'a pas besoin de se révolutionner, et qu'une entreprise seulement séditieuse échouerait dans son sein. La multitude des peuples ne seconde point les factions ; s'il en était ainsi, il n'en serait point une qui ne triomphât ; où l'intérêt, où le véritable bien, la nécessité, ne se font pas sentir, on ne mène pas aisément la majorité des nations. On verra bien une foule de séditieux; mais on ne peut raisonnablement point traiter une nation comme séditieuse, parce qu'elle veut renverser un gouvernement qui la gêne, qui l'humilie. C'est à l'effronterie des classes privilégiées et à l'ineptie ou la mauvaise foi de quelques souverains, qu'il appartient de s'exprimer ainsi. Les nations n'ont d'autre maître que Dieu qui leur a donné la volonté comme le droit de se choisir un gouvernant qui n'est point un maître, mais un fondé de pouvoirs; ce qu'on ne saurait trop répéter puisqu'il existe encore des hommes assez méprisables pour entretenir

dans le cœur des rois cette abominable doctrine, qu'ils sont les maîtres
absolus des nations. Si le chef d'un
État règne par la vertu, il a deux
légitimités pour une : celle que cette
même vertu lui accorde, et celle
qu'a sanctionnée la nation. Un
homme qui vient dire à d'autres
hommes : Je règne sur vous par
mon épée et par l'ordre du Ciel,
est un intrigant, un imposteur qui
mérite qu'on lui ôte son épée, et
que, par ordre de la saine raison,
on le jette au milieu d'un champ,
pour lui apprendre la première
condition des créatures humaines.

Enfin, les révolutionnaires sont
des hommes avec lesquels on peut

aisément entrer en arrangement, pourvu qu'on leur permette une position naturelle, je veux dire, qu'on n'exige point d'eux qu'ils ploient le genou devant l'arbitraire, devant une puissance absurde, et dont l'affreux despotisme se nourrit en abondance, de leur travail, de leurs larmes, et du plus pur de leur sang. Révolution ne signifie donc pas plus dans le sens propre, dans le véritable sens, anarchie, terreur, brigandage, que contre-révolution ne signifie amour du bien, de l'ordre et de l'humanité (1).

---

(1) « D'après cette définition, si la révolution française, par sa durée ou son

Si pourtant il est quelque écri-
vain qui puisse trouver une autre
définition de ces mots, je le prie de
vouloir bien ne pas hésiter à nous
la donner ; mais, sans témérité, je
n'ose croire qu'il serait suffisam-

___

triomphe de trente ans, atteste qu'elle
était complète, par la majorité de son peuple, il est évident aussi que la Charte
constitutionnelle n'est point contre-révo-
lutionnaire, puisqu'elle consacre formel-
lement ce que cette révolution a créé de
plus important ; savoir : l'égalité de tous,
la garantie de la liberté individuelle, la
liberté des cultes, celle de la pensée, et la
représentation nationale ; ce qui fait la
substance des articles 1, 2, 3, 4, 5, 7, 8
et 15 de la Charte. »

Note de l'auteur.

ment intelligible. Il n'y aucun mérite à expliquer ce que je viens d'expliquer ; c'est la nature, c'est le bon droit des gens qui m'ont fait parler ainsi, et, en outre, l'expérience incontestée dans l'histoire de tous les peuples qui ont voulu recouvrer leur indépendance.

Telle est cette définition ; il était impossible d'en attendre une autre de la part d'un homme comme Hertfort, qui avait été nourri de bonne heure des préceptes de l'immortel Milton, préceptes qui d'ailleurs sont puisés dans la conscience humaine. Un Anglais pouvait-il s'exprimer autrement, et surtout un Anglais qui dévorait chaque

jour les œuvres et des Rousseau et
des Mably.

Revenons donc à mon récit. Je
dois vous dire que Hertfort, dans
l'espace de ces deux années, m'a-
vait proposé plus d'une fois d'aller
chercher Ernest ; mais ma mère
aimait tant cet enfant, que je n'osai
jamais prendre cette résolution,
quel que fût le désir que j'en avais.

Hertfort me demanda la per-
mission de rester à Paris jusqu'à la
fin du procès de Louis XVI. Je
lasse ta patience ; me disait-il souvent. Et moi, pour toute réponse,
je l'embrassais dans toute l'effusion
de mon cœur.

En effet, après la mort du roi
de France, après cette terrible

chute du trône, qui causa un si
grand ébranlement dans toute l'Europe , et remplit d'effroi tous les
rois qui s'étaient coalisés contre
cette France, et desquels la haine
alors redoubla contre les principes
de la révolution , nous allions nous
rendre au sein de nos affections
les plus chères , quand tout à coup
nous apprîmes que Berestfort, qui
était un des plus zélés partisans de
la révolution française , n'avait pu
éviter la vengeance des ministériels
anglais qu'en fuyant en Ecosse ,
puisqu'il avait manqué plusieurs
fois d'être assassiné par quelques
brigands soudoyés. Berestfort avait
lancé des foudres contre Pitt ; et
ce ministre était trop puissant alors

pour qu'un citoyen osât impuné-
ment s'en faire l'ennemi. Malgré
qu'à cette époque Georges III jouissait de ses facultés mentales, il
ne put apporter de conciliation
dans cette affaire ; et, malgré la
bienveillance dont il avait honoré
Berestfort, ce dernier ne put trouver de sûreté que dans l'éloigne-
ment. Berestfort était d'origine
écossaise, et il avait des posses-
sions et des priviléges dans cette
partie des trois royaumes.

Enfin, après une bien pénible
attente, nous reçûmes une lettre
venant de Karrik. Nous répondîmes
de suite qu'il nous tardait de nous
rendre dans cette province. Mais,
pourtant, il fallait, avant que nous

connussions les décisions que Berestfort pourrait prendre, car il
disait dans cette lettre qu'il n'était
pas bien sûr que ses persécutions
s'arrêteraient là, et nos chers parens
étaient si intimement persuadés
que notre projet aurait été d'aller
vers eux, que nous aurions vivement insisté pour le réaliser, qu'ils
nous conjuraient de ne pas nous
abandonner à la douleur, à l'inquié-
tude, et nous protestaient qu'ils
allaient s'arranger de manière à
ce que nous pussions être réunis
sans courir les risques d'aller de
refuge en refuge. Nous étions alors
en mars 1793.

Nous attendîmes vainement une
réponse à notre lettre; nous en

fîmes succéder plusieurs autres qui
n'eurent pas plus de succès : nos in-
quiétudes étaient au comble à l'égard
du sort de nos parens. Le temps se
passait dans d'inutiles recherches,
dans d'inutiles informations ; et
plus les mois s'écoulaient, plus le
danger de rester en France était
grand. Mais pouvions-nous vaincre
la cause qui nous y retenait ? Oh,
oui, plus le danger était grand....
Mais la fatalité était contre nous ;
il fallait subir ses odieuses rigueurs !
Terreur d'épouvantable mémoire,
que ne me coûtas-tu que ma fortune
et celle de mon vertueux époux !

Vous savez que la commune de
de Paris régnait alors, et avait pour
chef l'horrible Robespierre, ce

monstrueux conspirateur, instrument désavoué des premiers persécuteurs de votre patrie !... Mon époux avait toujours fui ses satellites ; mais, noté par eux, ils ne l'oublièrent pas, et il fut aussi plongé dans les prisons.

Non, je ne vous peindrai pas mes souffrances inouïes ; je ne vous dirai pas si chaque jour, chaque nuit, chaque heure de mon existence m'offrait un nouveau supplice ; assez ma situation vous est expliquée dans celle des autres personnes liées, par le cœur ou par le sang, aux malheureuses victimes de ces époques trop déplorables. Je vous dirai que je versai l'or à pleines mains dans celles des bourreaux, et que ce ne fut qu'à ce prix, et par un bonheur inattendu, que Hertfort fut ravi à la hache de Robespierre. Toutefois ce qui ruina complètement notre fortune, c'est qu'elle servit aussi à délivrer d'autres personnes; quelques époux, quelques mères furent rendus à leurs familles; par ce moyen, Hertfort était dans sa prison un ange de consolation. Mais ce ne fut que quand il en sortit que je connus la félicité que devaient me procurer de telles actions. Mais ces plaisirs si purs, si délicieux, cessèrent bientôt;..... mon époux, mon cher Hertfort, trop profondément atteint de ses douloureuses affections, ne put les maîtriser. Il

avait trop souffert tout le temps de
sa détention ; ce n'est pas que cette
détention fût extrêmement pro-
longée, car il fut arrêté le 26 flo-
réal an 2 de la république (15 mai
1794), et fut mis en liberté le 27
messidor (15 juillet 1794), treize
jours avant la mort de Robespierre.
Mais pour un cœur fait comme celui
de Hertfort , quel bouleversement!
quelles souffrances occasione la
vue constante des atrocités !....
Que de sujets de douleur et d'effroi
quand il savait qu'un père était
condamné à périr sur l'échafaud ,
comme son fils innocent qu'il n'a-
vait pu sauver ! Quand il savait
qu'une épouse subissait le même

sort, après de semblables tenta-
tives en faveur de son époux égale-
ment innocent ; quand il savait que
les exemples les plus touchans du
dévouement, de l'amour et de la
nature, trop souvent en irritant
les bourreaux, ne faisaient que
hâter la perte des victimes. Indé-
pendamment de cela, que de fois
la mort s'offrit à lui sous différens
aspects ! Vers les derniers jours de
la terreur, en multipliant les victimes, ne multipliait-on pas les
gênes, les tourmens ! et des supplices plus cruels les uns que les
autres ne précédaient-ils pas le
dernier qu'elles avaient à souffrir ?
Hertfort succomba donc ; et ce

fut un mois après qu'il eut re-
couvré sa liberté qu'il expira
dans mes bras !... Ah ! quelle mort
fut la sienne !.... Que vas-tu devenir, ô ma Lodoïska ! me dit-il ;
et des larmes accompagnaient ces
mots que proférait sa bouche mourante. Rien ne put le rassurer sur
mon sort à ses derniers momens.
En vain, tout en voulant éloigner
de lui les idées de la mort, je le
conjurai de croire que, quand on
est jeune encore, il y a des misères
qu'il ne faut pas redouter.

O ma chère Eugénie ! ô ma sœur
adoptive ! ce furent tes prières et
les miennes, ce furent nos seuls gémissemens qui escortèrent dans le

ciel cette âme pure, asile des plus
douces vertus ! Ainsi que moi, tu
reportas tes regards affligés sur la
dépouille terrestre de mon Hertfort. Loin de la fuir épouvantée,
tu baisas ce visage où la franchise
et la sincérité avaient si bien im-
primé leurs traits !..... Sensible
amie, seule consolation qui me
restait, hélas ! j'ai donc tout
perdu !

A cette dernière exclamation involontaire, madame Hertfort s'in-
terrompt quelques momens, répand
abondamment des pleurs, et paraît
être seule au milieu de nous.....
Mais enfin, comme revenant à soi :
Vous saurez, nous dit-elle en pour-

suivant son récit qu'elle allait ter-
miner, que M. de Lagrange mourut
aussi peu de temps après sa délivrance, mais non si promptement
que mon époux. Il mourut en 1790,
six semaines après notre arrivée à
Paris. Madame de Lagrange ne lui
survécut que d'un an. Nos soins,
notre amitié, n'avaient pu l'arracher
à une affreuse mélancolie qui ne fut
bientôt autre chose qu'une maladie
de langueur. Eugénie, dans le désespoir qu'elle conçut de la perte de
sa mère, voulut attenter à ses jours.
Mais elle céda enfin à mes prières,
à mes larmes, aux sollicitations que
je lui fis de se conserver, au nom
de notre amitié, de cette amitié

qui ne devait finir qu'avec nous.
Hertfort, dans cette conjoncture,
avait joint ses instances aux miennes. Toutefois, pour être plus certain de sa conservation, nous ima-
ginâmes un moyen qui nous parut
simple et efficace en même temps.
Nous pensâmes qu'un époux, que
des enfans, rempliraient parfaitement le but; et nous parvînmes à
la décider en faveur d'un général
français qui l'aimait éperdument.
Elle fut donc mariée dans le mois
de mars 1794. Elle avait à cette
époque trente-un ans. Peu de jours
après cette union le général fut
obligé de rejoindre l'armée du Rhin.
Il partit avec tous les regrets d'un

tendre époux, plein de sécurité pourtant, puisque sa bien-aimée restait près de nous.

Après la mort de Hertfort, j'étais, comme vous savez, sans fortune; mais j'avais Eugénie, et celui qu'elle venait d'épouser était digne d'elle. Mon existence ne devait donc pas m'inquiéter; je devais cet hommage à mon amie.

Cependant, en 1800, le général mourut, non sur le champ de bataille, mais à la suite d'une blessure qu'il y avait reçue et qui le rendit infirme pendant plusieurs années. Il mourut sans enfans; et quoiqu'il n'était point riche, comme sa famille avait toujours droit au peu

qu'il laissait, il régla ses affaires en
faveur de sa veuve, qui s'arrangea
ensuite de manière à ce que je ne
manquasse ni de pain ni d'asile, soit
qu'elle mourût avant moi, soit que
des causes bien extraordinaires,
toutefois, vinssent à nous séparer.
Elle se hâta donc de placer pour
moi, en viager, une somme qui
me fit quatre cents francs de rente.
Elle ne pouvait faire plus.... Quant
à la rente dont elle jouissait, elle
était perpétuelle et devait retourner
à la famille de son mari, en cas qu'il
n'eût pas d'enfans. Il en avait été
stipulé ainsi quelques jours après le
mariage. Ainsi, au lieu que ce fût
moi, comme nous nous disposions

à le faire avant l'arrestation de mon mari, qui fisse participer mon amie dans notre bien, ce fut elle qui partagea son avoir avec moi. J'eus donc le malheur de la perdre en 1810. Peu de temps après je vins dans cette ville, avec une famille française qui avait conçu le projet d'y établir une maison d'éducation ; je m'engageai pour un modique intérêt à y enseigner les langues allemande et anglaise. Mais deux ans après ces personnes ne réussissant pas à leur gré dans cette capitale, partirent pour une contrée du midi où je ne voulus pas les suivre. J'essayai après leur départ de donner des leçons en ville ; mais le mal-

heur qui ne quitte pas facilement sa
sa proie quand il s'en est emparé,
a rendu vaines pour moi ces ressources sur lesquelles j'avais fondé quelque espoir. Depuis ce temps j'ai pris
un autre parti, qui est celui de tra-
vailler pour quelques personnes.
C'est ce qui m'a été le plus favorable, puisque c'est ainsi que je suis
arrivée jusqu'à vous.

Depuis vingt-quatre ans je vis ac-
cablée de chagrin, ainsi que vous
pouvez en être convaincus par tout
ce que je viens de vous raconter.
Depuis cette longue date, je me
suis adressée constamment à diverses légations de l'Europe pour pouvoir découvrir le lieu qui recèle ma

mère, mon fils et Berestfort ; mais les affaires des particuliers n'intéressent guère les envoyés des grandes puissances , et toutes mes démarches sont infructueuses.

C'est par tant de maux , tant d'adversités, que j'ose croire quelquefois que j'ai bien expié ma première imprudence , et je crois bien que je ne les aurais jamais connus, si cette imprudence n'eût pas occasioné la mort de mon père. Voilà ce que j'avais à vous apprendre ; voyez si je suis digne de votre pitié autant que de Beauval doit l'être de votre indignation. »

Vous ne doutez pas de l'impression que nous fit le récit de madame

4.

Hertfort. Toutefois nous ne crûmes pas devoir lui dire, à l'issue
même de ses confidences, qu'elle
était si près de ceux que des liens
bien étroits retenaient attachés à
l'auteur de sa première infortune,
et nous la conjurâmes seulement
de nous regarder comme un refuge
assuré pour elle.

Maintenant je vais reprendre mon
récit au point où je me suis arrêté.
Nous parlions de la belle de Bargeny. Un jour, et il y avait six semaines au plus que nous jouissions
du plaisir de la posséder; un jour,
dis-je, d'après la prière que lui en
fit Eléonore, elle s'empressa de paraître vis-à-vis d'elle, revêtue de

ses habits d'officier. Ce jour, beaucoup de personnes qui savaient que
madame de Bargeny avait servi, se
trouvèrent chez nous, prévenues
par Eléonore, toute glorieuse déjà
d'être l'amie d'une femme valeu-
reuse. Aimable Eléonore, était-il
une vertu qui ne touchât, qui n'é-
chauffât vivement ton sensible cœur!

Il est impossible de vous décrire
ce que nous éprouvâmes à l'aspect
de madame de Bergeny sous l'u-
niforme. Des souvenirs de douleur,
de plaisir, d'attendrissement, nous
firent voler dans ses bras, et nous
ne pûmes nous défendre de verser
des pleurs, que nous tâchâmes
pourtant de dérober aux assistans.

Eléonore ne pouvait la voir assez ;
elle la trouvait adorable ; tout le
monde la contemplait avec admiration ; elle portait sur son sein les
marques de sa vaillance. Son époux
était rayonnant de bonheur, tant
il recevait de félicitations. Madame
Hertfort l'avait surtout compli-
menté de la manière la plus agréa-
ble, je dirai même la seule remar-
quable parmi toutes les manières
que chacun avait employées pour
cela. Aussi le général lui en témoi-
gna-t-il toute sa sensibilité. Quelle
soirée délicieuse ! Eléonore , madame de Bargeny étaient les seuls
objets de la conversation. On les
fêtait à l'envi ; on célébrait leurs

charmes ; et je puis bien dire que ces deux intéressantes amies enchantaient les regards et remplissaient les cœurs d'un sentiment presque divin. Mais quel horrible dénoûment allaient avoir ces scènes de félicité !... On évacue le salon, Eléonore ne peut quitter madame de Bargeny qu'à la porte de l'hôtel ; et toutes deux, tandis que chaque personne prend congé l'une de l'autre, tandis que le général parle avec un de ses amis ; toutes deux, dis-je, se réitèrent un bonsoir, s'embrassent et se disent réciproquement leur mot accoutumé : A demain. Mais, ô ciel ! à peine madame de Bargeny est éloi-

gnée de quelques pas, qu'un in-
dividu la frappe d'un poignard;
elle tombe aussitôt, et le monstre s'échappe avec la rapidité de
l'éclair. Eléonore, la sensible et
malheureuse Eléonore, qui seule a
vu porter le coup et n'a pu le parer,
jette alors des cris perçans en se
précipitant vers la victime et en ré-
pétant plusieurs fois : A l'assassin!
Aussitôt on accourt, et, pendant
qu'on le cherche de tous côtés,
nous rentrons chez nous l'infortunée
qui va bientôt rendre le dernier soupir..... Quel spectacle! la maison
retentit de sanglots : le général veut
s'arracher la vie; on lui enlève son
arme. Il se jette sur le lit où sa

mourante épouse est déposée ; il
pousse des gémissemens qui nous
déchirent ; il articule avec véhémence ces paroles qui remplissent
Eléonore d'une affreuse douleur :
Oui, c'est toi, horrible Wolf!.. C'est
toi, scélérat, qui viens de porter le
coup ! Quel autre ennemi avait sur
la terre ma tendre et vertueuse
épouse ! Tu t'es vengé, ô monstre !.
Ces paroles éveillent aussitôt notre
attention, mais, le dirai-je ? sans
nous causer de surprise. Eléonore,
qui d'abord n'avait envisagé que la
victime, se rappelle alors d'avoir
crié à l'assassin. Alors elle est saisie
de crainte que les soupçons du malheureux Bargeny ne soient une

funeste réalité. Le désespoir dont
il est agité est si violent qu'il en
perd connaissance. Hélas! la victime respire encore assez pour souffrir cruellement de ce qu'elle voit et
de ce qu'elle entend. Approche,
dit-elle à Eléonore dont la pâleur
indiquait assez les angoisses de
l'âme; approche, mon amie, que
je te parle... Eléonore alors se pen-
che sur le sein glacé de cette femme
chérie, et qui méritait tant de l'ê-
tre; de cette amie qu'elle n'aurait
jamais pu remplacer. Telles sont
les paroles que sa voix éteinte ne
prononça qu'avec beaucoup de
peine : « Bargeny a soupçonné ce
» qui est vrai!... C'est ton père qui

» m'a frappée d'un poignard...

» Tiens, vil délateur, m'a-t-il dit,

» voilà ta récompense ! Puisse, ma

» chère amie, mon silence vis-à-

» vis des autres, à cet égard, t'être

» utile à quelque chose... Je sens

» que je vais mourir.... Que l'on

» approche de moi mon mari....

» Envoie chercher ma fille, que

» je les embrasse tous deux!.....

» Dépêche-toi, il est temps. » A

peine a-t-elle cessé de parler, qu'E-

léonore l'embrasse toute la pre-

mière, et va pour sortir; mais elle

chancelle aussitôt et tombe sur le

plancher, plus froide que le marbre.

MadameHertfort et moi, nous l'em-

portons à l'instant dans la chambre

voisine, et je crois expirer à mon
tour mille et mille fois pour une.
Et tandis que je secours mon épouse,
notre chère libératrice meurt sans
avoir embrassé ni son époux ni son
enfant.

Eléonore revint à elle dans le
moment que des cris aigus se
firent entendre ; c'étaient ceux du
général. Quel affreux moment pour
lui ; ses yeux se rouvraient à la
lumière, et ceux de sa femme
venaient de se fermer pour toujours.... Je n'entreprendrai pas de
vous décrire ce tableau ; il est trop
facile de s'en former une idée.
Eléonore, dis-je, revint à elle ;
mais ce ne fut que pour tomber

dans un état d'exaspération. Elle
me parlait beaucoup, mais je ne
pouvais lui répondre que par mes
pleurs. Elle me fixait avec des yeux
animés; ses brûlantes mains que je
couvrais de baisers, serraient fortement les miennes. Hélas! je lui
donnais les noms les plus tendres;
mais, abandonnée aux accès qui la
tourmentaient, elle semblait ne
pas les comprendre. Elle est morte,
me disait-elle, elle est morte! J'entends les cris de Bargeny. Ne les
entends-tu pas?... Enferme-moi,
je t'en conjure, enferme-moi. J'ai
juré de taire les crimes du coupable;
mais je pourrais rompre mon serment. Oui, Edmon, je puis oublier

que de Beauval est mon père !... Je
pourrais te venger, venger notre
ami, venger cette infortunée, venger Lodoïska. Mais quoi ! dois-je
donc hésiter ? Non, je le vois toujours menaçant ; il en veut encore
à ta vie!... il faut.... je veux....
Mais que dis-je?... que fais-je,
Edmon ! Mon bien-aimé !... tu
pleures, tu gémis ; j'ajoute à tes
tourmens... Pardonne à mon désespoir! Oui, je m'égare... Malheureuse que je suis ! Ici, je rendis
grâces à Dieu; car elle répandit
une abondance de larmes qui cal-
ma des transports plus dangereux
qu'un long évanouissement.

Vous venez de remarquer, sans

doute, que madame Hertfort était
présente alors. De quelle surprise
elle fût saisie quand elle apprit
qu'Eléonore était la fille de ce
bourreau de l'humanité! Ah! me
dit-elle en se jetant à mon cou,
mon cher M. Edmon! Eléonore est
encore plus à plaindre que nous!...
les souffrances de son âme sont
inexprimables! quel horrible far-
deau ce doit être qu'un père si
criminel!... Infortunée! dit-elle à
Eléonore en la pressant contre son
cœur, dans quelle erreur étais-je
quand je croyais que le sort et les
hommes t'avaient respectées!

On transporta le corps de madame Bargeny chez son époux,

Le duc et moi, nous assistâmes
aux obsèques qui furent faites en
grande pompe. Bien faible consolation pour un époux, mais témoignage certain de sa tendresse
et de son affliction.

Pendant ce temps, Eléonore s'é-
tait rendue auprès du veuf. Il
voulait mourir : Vivez, Bargeny,
pour votre chère enfant, lui dit-
elle ; puis elle prit l'enfant qu'elle
déposa sur le sein de ce malheureux
père. Vivez, lui dit-elle en pleurant aussi, vivez pour honorer la
mémoire d'Éloïse ! (tel était le
nom de madame Bargeny.) Mais
il poussait de grands cris, et de-
mandait vengeance. Il faisait fré-

mir Eléonore quand il passait de la
douleur à sa fureur contre l'assassin.
Oui, disait-il, tout hors de lui,
c'est Wolf qui lui a porté le coup!
Eh quoi! le scélérat resterait libre?
Depuis deux jours la justice ne l'a
pas encore saisi? Quoi! il serait pré-
servé du supplice qu'il a mérité!
Oui, Eléonore, il faut que nous
soyons tous vengés! je ferai tout
pour qu'il soit découvert; il faut
que les mânes de mon Eloïse soient
apaisés!... Il le faut; l'honneur,
la justice, l'humanité, me le com-
mandent!... Grand Dieu! s'écria
Eléonore en tombant aux pieds de
Bargeny, si vous apprenez que
mon père soit le criminel, que

votre vengeance n'éclate que sur
moi. Alors, Bargeny, vous prendrez
tout mon sang !... alors vous frap-
perez à mort sur ce sein que vous
déchirez déjà par vos sinistres paroles; du moins vous aurez une
pure victime à immoler aux mânes
d'Eloïse ! Mais que dis-je ? Ah!
vous en aurez plus d'une alors !...
Mais consentez au moins qu'à ce
prix, il n'arrive pas que le sang
dont j'ai le malheur d'être issue
coule sur un échafaud !.... A ce
prix, consentez à méconnaître le
criminel !.... La perte de la vie, et
vous le savez, doit nous être moins
chère que celle de l'honneur. Voilà,
voilà, Bargeny, ce que l'huma-

nité vous commande !... Mais si ma
voix ne vous pénètre pas ; si vous
êtes inaccessible à la pitié ; si
votre vengeance ne recherche que
le véritable coupable, et qu'en lui
vous reconnaissiez mon père ,...eh
bien , tout odieux qu'il puisse être ,
vous pourrez de même vous compter plus d'une victime !... Oui, je
vous en fais l'affreux serment !....
Toutefois, croyez bien qu'Eloïse
eût repoussé de pareils sacrifices !
J'en atteste le Ciel, époux infortuné de la plus généreuse des
femmes ! oui, Eloïse eût frémi
d'horreur à la seule pensée.... Ah !
relevez-vous, lui dit-il vivement
et en l'interrompant ; relevez-vous,

ange de bonté et de vertu ! Et toi,
ô mort ! viens donc me frapper à
l'instant ! Comme il achevait ces
mots, nous entrâmes le duc et moi.
Il serrait Eléonore contre sa poitrine, ainsi que son enfant ; et il les
inondait de ses pleurs. Aussitôt
nous les enlaçâmes dans nos bras,
et gardâmes un long silence... Mais
quel silence !

Mais ensuite quel coup pour
Eléonore, lorsqu'au bout de deux
heures que nous étions de retour
auprès de Bargeny, on vint annoncer que l'assassin était arrêté. En
vain ceux qui furent envoyés près
du général prononcèrent-ils un
autre nom que celui que de Beau-

val avait emprunté. Un change-
ment de nom, selon la circonstance, n'est-ce pas la chose la plus
ordinaire pour l'intrigant ou le
malfaiteur? et enfin la victime n'a-
vait-elle pas parlé? Alors Eléonore
ne put cacher son effroi; et le
vertueux Bargeny en fut tellement
ému qu'il demeura bientôt doulou-
reusement incertain sur le parti
qu'il avait à prendre. Il n'avait que
quelques heures pour se décider;
de son côté Eléonore n'en avait pas
plus pour dire la vérité, pour ré-
véler les paroles de madame Bargeny; car, dans cette conjoncture,
il fallait absolument qu'elle déter-
minât la pitié d'un homme au dé-

sespoir, quoi que dût lui coûter cet
aveu. Mais cet aveu sauvait son
père de toutes poursuites, Bargeny se désistant. Toutefois, elle
seule avait vu porter le coup; le
monstre pouvait être acquitté, quand
bien même le procès eût eu lieu ;
mais il valait encore mieux pour
Eléonore qu'il n'y eût point de
poursuites; donc il ne fallait point
d'accusateurs.

Eléonore était dans cette pénible
situation, lorsque Sophie vient lui
dire que quelqu'un veut lui parler.
Elle sort aussitôt, mais je m'empresse de la suivre, d'autant plus que
Sophie m'en fait le signe. Mais de
toute manière je ne l'eusse pas

laissée aller parler seule à qui ce fût
dans des momens si critiques. Ce
quelqu'un c'est donc un commis-
sionnaire chargé d'une lettre à laquelle elle est priée de faire une
très-prompte réponse. Cette lettre
est ainsi conçue :

« Eléonore, ma fille, sauvez-
» moi ; ouvrez-moi vos bras ! Ayez
» pitié de votre père ; le Ciel vous
» bénira. J'attends tout de vous ;
» c'est assez vous dire que je
» compte sur la générosité de votre
» époux et de votre digne et ver—
» tueux ami. Songez que je suis
» perdu dans l'attente d'une mi-
» nute de plus. A l'instant même ,

» je viens de briser mes verroux.

» Je fus votre ennemi, soyez mon

» ange protecteur ; que votre mai-

» son soit mon refuge. Reléguez-

» moi loin de vos regards, si vous

» le voulez ; mettez-moi dans un

» lieu obcur; pourvu que la main

» du bourreau ne touche pas mon

» corps, je serai trop heureux ! »

Cette lettre nous causa une bien grande émotion. Eléonore écrivit pour réponse ce seul mot : Venez ; et aussitôt j'avertis nos fidèles serviteurs pour qui, depuis long-temps, notre situation n'était plus un mystère. Les scènes que venait d'occasioner la dernière action

de ce misérable, les avaient suffi-
samment éclairés à cet égard : de
plus, je n'aurais jamais pu étouffer
les accens douloureux de Bargeny,
de mon épouse, et je puis même dire
les miens. Mais d'ailleurs, que pouvions-nous craindre de tels serviteurs ? Ils étaient aussi de la famille, puisqu'ils partageaient si vivement nos peines.

Eléonore n'eut pas la force d'aller
elle-même recevoir son père. Nous
allâmes donc Lécuyer, son fils et
moi, au-devant de lui, et le con-
duisîmes dans une chambre au-dessus de notre appartement. Je crus
devoir faire Lexamen de ce qu'il
avait sur lui, chose à laquelle il ne

s'opposa point. Je ne lui adressai
pas un mot, cela m'eût été bien
impossible ; car j'étais plus trem-
blant que lui, quoiqu'il n'était pas
fort à son aise. Il n'avait pas d'armes, ni rien qui pût lui en servir.
Je le confiai aux soins et à la sur-
veillance de nos serviteurs, et je
revins auprès d'Eléonore, qui était
encore très-vivement émue. Pourtant, pour ne donner aucun soup-
çon à Bargeny, qui allait sûrement
apprendre cette invasion le lendemain matin, elle jugea qu'il était
nécessaire qu'elle retournât auprès
de lui. Il était alors près de neuf
heures du soir. Hélas ! s'il avait
su que le bourreau de sa femme

était chez nous, il nous eût fui peut-
être comme ses propres ennemis,
et Bargeny nous était cher au titre
le plus respectable. Nous nous
étions voués à l'adoucissement de
sa cruelle douleur, nous le devions,
la mémoire chérie de notre libératrice nous portait à ce devoir
sacré. Il est bien certain que, sans
nous, Bargeny eût attenté à ses
jours. Nous retournâmes donc de
suite auprès de lui ; nous fîmes
plus, car nous l'emmenâmes chez
nous avec son enfant. L'infortuné !
il ne demanda pas mieux de nous
suivre. Oui, mes amis, nous dit-il
avec une sorte de transport, et
comme par l'effet d'une révolution

4.   9

subite, je vais avec vous,.... il le
faut,.... je sens qu'il le faut.....
Puis, en baisant sa petite fille, et
en sanglotant, il ajouta : Il faut te
conserver ton père !.. O mon Dieu,
daigne me donner ce courage !

Quand notre ami sut que de
Beauval était sous le même toit que
nous, il fut comme pétrifié. Grand
Dieu ! dit-il, et si on le découvre
ici, que deviendra Eléonore ? Mon
cher Henri, lui répondis-je, j'ai
fait toutes les réflexions que tu peux
faire ; mais que voudrais-tu que je
fisse maintenant ? qu'aurais-tu voulu qu'elle répondît, et qu'aurais-je
pu lui conseiller ?

Je puis dire que notre posi-

tion n'était point ordinaire. Il y
avait encore une personne que cette
nouvelle allait bien surprendre :
c'était madame Hertfort. Justement
elle arriva vers les dix heures du
soir, ne pouvant résister à l'inquié-
tude qu'elle éprouvait quant à l'état
d'Eléonore, malgré qu'elle l'eût
vue le matin même de cette journée. Mais, chose bien étrange ! c'est
que Bargeny ne l'eut pas plutôt
vue (madame Hertfort), qu'il se
jeta dans ses bras, en lui disant :
Ah ! madame, venez, venez me
parler aussi de ma bien-aimée !....
Et il versa des larmes plus qu'il
n'en avait encore versées !.... Quoi
que j'aie à vous apprendre, je ne

pense pas toutefois, si je me base sur certains traités physiques et moraux, que ce mouvement involontaire, que ces larmes de Bargeny, puissent jamais être apportés en témoignages. Madame Hertfort ne le quitta pas, et passa la nuit auprès de lui avec Sophie.

Quant à de Beauval, je vous dirai qu'il avait prié, supplié en grâce que sa fille ne se couchât pas sans venir auprès de lui. Elle se détermina donc, et nous nous y rendîmes, notre ami, elle et moi. Quelle entrevue, bon Dieu! quelle entrevue! Eléonore fut prête à s'évanouir; il n'osa pas la regarder d'abord; il frémit à la vue de notre

ami ; et ce ne fût qu'après environ
trois quarts d'heure passés dans
un bouleversement d'âme de part
et d'autre, qu'il nous parla ainsi à
tous trois.

« Mes malheureux enfans, et
» vous, monsieur le duc, je ne
» doute nullement que ma présence
» ne vous cause la plus grande hor-
» reur. La férocité avec laquelle
» je vous ai persécutés pendant huit
» ans passés justifie cette horreur
» au-delà de toute expression.
» Pourtant je veux que vous sachiez
» que le dernier meurtre que je
» viens de commettre est l'effet
» d'une méprise qui m'a rempli
» d'effroi, et j'oserai dire de re-

» grets. Je croyais me venger d'un
» jeune Prussien auquel je m'étais
» aveuglément confié dans l'avidité
» de ma vengeance contre vous.
» J'eusse été instruit du sexe de l'in-
» dividu qui m'a trompé , que ja-
» mais ma main n'eût frappé un
» tel coup. Quand les magistrats
» m'ont instruit du sexe de la vic-
» time , que toutefois j'ai niée , je
» me suis vraiment senti atteint du
» remords. C'est que je n'ai jamais
» pu me faire à la pensée qu'un
» homme , quelque scélérat qu'il
» soit, pût faire couler volon-
» tairement le sang d'une femme.
» Je ne dissimule pas que mon insa-
» tiable ambition , mon amour des

» rangs, mon orgueil, m'ont ré-
» duit où je suis aujourd'hui. Ce-
» pendant, Eléonore, si tu avais
» épousé monsieur le duc, tout cela
» n'aurait point eu lieu, et tu
» n'aurais pas à rougir de ton père,
» qui est à la veille, quoiqu'il se
» dérobe à la justice, d'être dé-
» couvert, divulgué ensuite de
» point en point dans sa conduite
» passée, et de payer tous ses cri-
» mes à l'occasion de celui qu'il
» vient de commettre. J'ai pour
» accusateur un homme au déses-
» poir, un homme justement fu-
» rieux, et qui n'est tenu, ma fille,
» par aucune considération envers
» toi, quand bien même tu eusses

» été liée avec son épouse, à te

» sacrifier sa vengeance. J'ignore

» si, malgré les ombres de la nuit,

» il m'a vu porter le coup ; j'ignore

» si d'autres que lui m'ont vu aussi ;

» je ne sais pas combien je puis

» avoir de témoins contre moi.

» Peut-être n'en ai-je aucun. Mais

» ma fuite précipitée ne laisse pas

» que de déposer contre moi, bien

» que j'aie cent prétextes pour un

» à y donner. Puis enfin, la justice

» des hommes est toujours redou-

» table ; et il est bien vrai que mon

» embarras ne fût jamais aussi ter-

» rible qu'aujourd'hui. Néanmoins,

» quoi qu'il m'arrive, je mourrai

» dans les sentimens qu'un rang

» médiocre dans le monde est une

» ignominie ; et la richesse n'est

» faite que pour nous porter aux

» plus hauts échelons des grandeurs

» humaines. Je sais que ce n'est

» point là un axiome pour la phi-

» losophie ; mais je ne suis point

» le maître de penser autrement.

» Cependant, aujourd'hui c'est en

» pure perte, car ma fortune est

» aux trois quarts épuisée. Lorsque

» je me sauvai de France, mon am-

» bition me parut encore un re-

» fuge autant que le pays étranger

» où je me rendais ; car avec cette

» même fortune et quelques talens

» administratifs, je projetai bien

» de m'y rendre puissant de quelque

» manière que ce fût. A l'égard de
» mes vengeances contre vous, je
» ressemblais au tigre qui som-
» meille; j'avais fort à cœur l'exé-
» cution des instructions en ques-
» tion; mais il me fallait un temps,
» des occasions plus favorables
» qu'alors. Mais je ne m'entrete-
» nais pas moins avec mes affidés
» qui me rendaient compte de vos
» démarches. Ils m'apprirent bien-
» tôt que monsieur (en montrant
» le duc) leur était échappé. Je
» n'en finirais pas s'il fallait vous ra-
» conter toutes les intrigues qui me
» portèrent aux commandèmens
» anglais et prussiens. Ces com-
» mandemens me coûtèrent fort

» cher ; mais je me fis de grands
» protecteurs , parmi lesquels je
» comptais surtout le prince de....,
» que j'avais satisfait au-delà de ses
» espérances à l'égard d'un travail
» important qu'il m'avait confié.
» Ce fut par lui que je fus placé à
» la tête d'une colonne prussienne ;
» et il allait me porter au généra-
» lat, lorsque ma vengeance me
» perdit, puisque je fus dévoilé aux
» yeux du général, ce qui me fit
» partir en vingt-quatre heures ;
» vengeance qui prenait sa source
» dans une haine implacable qui
» n'avait toujours eu pour cause
» que la générosité de votre ami
» envers vous. Je me suis vu ou-

» tragé dans cette générosité ; et
» taut de prétentions déçues me
» portèrent à des sentimens d'au-
» tant plus vindicatifs, que je vis
» bien que vous soupçonniez en
» moi un ennemi que votre pitié
» vous faisait ménager. Mon or-
» gueil en était tellement irrité,
» que plus d'une fois j'ai souhaité
» que vous fussiez tous trois anéan-
» tis avec moi ! Pourtant je ne vous
» engage pas à me haïr en raison
» du mal que je vous ai fait ; vos
» âmes honnêtes et sensibles au-
» raient trop à souffrir. Il n'y a
» que les cœurs endurcis comme
» le mien, qui peuvent supporter
» toute l'étendue, tout le poids

» des ressentimens, des haines les
» plus prononcées.

» Je dois vous déclarer aussi,
» quoique je semble bien m'accu-
» ser moi-même devant vous,
» que ma conscience n'est pas ré-
» voltée à ce point que je ne pré-
» fère le bonheur donné par l'am-
» bition au bonheur donné par la
» vertu. Et voici sur quoi je me
» fonde :

» Voit-on jamais la foule se
» porter vers l'asile de la vertu ?
» le nombre de ses adorateurs
» n'est-il pas infiniment petit ? ne
» vit-elle pas constamment dans
» une sorte d'humilité ? la multi-
» tude, qui se presse autour des

» grands, est-elle touchée de l'é-
» clat de cette même vertu ? de
» cet éclat que les siècles attestent,
» et que la plupart des hommes
» ne veulent pas reconnaître en
» elle! Ils vous diront en parlant
» des grands qui la dédaignent
» aussi : Ce sont eux qui distri-
» buent les faveurs et les grâces ;
» ce sont eux qui règlent le sort
» des peuples et des rois ; ce sont
» eux qui font même la part de
» l'encens à la divinité, qui élè-
» vent ou détruisent son culte se-
» lon qu'il est nécessaire à leurs
» intérêts! Il semble que ce soit à
» eux seuls qu'il soit permis d'é-
» terniser leur puissance ! Le

» peuple se fatigue, s'irrite quel-
» quefois de leurs excès; mais leur
» ascendant ne triomphe-t-il pas
» toujours ? Que d'hommes, dans
» la révolution française, se sont
» déclarés amans de la liberté, de
» l'égalité, défenseurs de la puis-
» sance nationale, se sont honorés
» du titre de citoyen, et se sont
» empressés ensuite de se revêtir,
» ainsi que je l'ai fait moi-même,
» d'un titre de marquis, de baron
» ou de comte! Ils se sont dits hau-
» tement républicains, dans le temps
» qu'on avait formé le projet de
» l'être, et chaque jour ils se traî-
» nent sur les pas des grands sei-
» gneurs, jusqu'à ce qu'eux-mêmes

» deviennent des grands seigneurs.

» Parce que je ne suis pas vertueux,

» je ne prétends pas dénigrer hon-

» teusement la vertu ; au contraire,

» je la crois même fille du ciel ! et

» c'est bien pourquoi elle ne doit

» que rarement habiter la terre. Ici

» bas c'est l'enfer, et parmi les dé-

» mons, c'est aux plus habiles,

» aux plus astucieux, qu'il appar-

» tient de dominer. Croyez - moi,

» les peuples reviennent toujours

» au point d'où ils sont partis ;

» ils seront long - temps encore

» la proie des ambitieux ; long-

» temps encore ils encenseront les

» grands plutôt que la vertu. Oui,

» le sort m'a frappé, m'a abattu

» pour jamais. Mais je ne me dépar-
» tirai point de mes principes. Les
» remords et les passions se heurte-
» raient, s'entrechoqueraient avec
» fureur au fond de mon âme, que
» ce mélange de supplices ne suf-
» firait pas pour la convertir.

» C'est ainsi, mes enfans, que je
» m'offre à votre pitié, de laquelle
» je ne rougis plus maintenant,
» parce que l'échafaud me menace,
» et que ce n'est point ainsi que je
» veux mourir ! »

Ici de Beauval termina son discours, ou plutôt son effrayante
narration. Hélas ! à quoi servait l'a-
nalyse de sa doctrine ? à en prouver
tout l'odieux, toute la fausseté, et

4.   10

à l'offrir lui-même pour l'exécrable modèle de ceux dont il venait de parler.

Pauvre Eléonore, dans quelles appréhensions tu allais être à toute minute ! Voici comme ce fléau de notre vie nous avait retrouvés.

Depuis peu de jours il était à Munich, lorsque le hasard le fit passer dans notre quartier. Il rencontra madame Bargeny, habillée en officier ; il reconnut aussitôt le jeune Prussien, le suivit, le vit entrer dans notre maison, s'informa qui occupait cette maison, et on le lui dit. Le misérable, au lieu d'attendre sa victime pour la frapper dans l'ombre, que n'entra-t-il plutôt chez

nous pour y demander pardon de
tous ses crimes, et y mettre une
éternelle fin ! Fallait-il donc qu'il
s'entachât encore d'un nouveau
meurtre ! Sa vue constante nous
eût fait bien du mal; mais que
peut-on comparer à l'horreur qu'il
nous inspira lorsqu'il se présenta à
nous après avoir assassiné celle qui
nous avait sauvé la vie !

Ainsi que nous l'avions présumé,
dès le lendemain, Bargeny ne fut
pas plutôt de retour chez lui qu'il
apprit la nouvelle de l'évasion du
prisonnier. On lui promit les recherches les plus actives. Cet affreux assassinat occupait la ville et la cour;
l'évasion de l'assassin causait de la

terreur et un grand mécontente-
ment; tous ceux qui avaient connu
madame de Bargeny souhaitaient
qu'il reçût la peine due à son crime.
On publia aussitôt son signalement.
Bargeny ne douta pas que ce ne fût
le signalement de celui qu'il appelait Wolf, ne lui connaissant pas un
autre nom. Il nous dit donc : Plus
je lis et relis, plus je vois que c'est
l'homme dont Éloïse m'a parlé tant
de fois. Que je suis malheureux,
ajouta-t-il en attachant ses regards
sur Eléonore pâle et tremblante!
que je suis malheureux ! Mais,
Eléonore, calmez-vous, je suis votre ami, et je le suis plus que vous
ne pensez. N'est-il pas vrai que

vous reconnaissez votre indigne
père à ce signalement? Oui, Bargeny, lui répondit Éléonore. Ne
renouvelons pas, lui dit-il, sensible
Eléonore, la scène déchirante qui
s'est passée hier entre vous et moi...
Il faut que je rappelle toutes mes
forces, tout mon courage... Femme
trop infortunée, croyez-donc;...
mais pourtant si, malgré nos conjectures, ce n'était pas lui;... si ce
n'était pas Wolf qui fût le meurtrier!... si tant de ressemblance
n'était que l'effet du hasard!... pourquoi mes pressentimens ne m'au-
raient-ils pas trompé? Eh bien! cette
chère victime ne serait donc pas
vengée, quand elle pourrait l'être?

Il faut donc tout sacrifier à l'incertitude!.... O mânes de ma bienaimée! ô Éloïse ! à quels affreux combats je suis livré !... C'en est trop, s'écria aussitôt Eléonore, homme généreux ! c'en est trop, qu'elle cesse à l'instant même cette cruelle incertitude !... Eh bien !... oui, ... l'assassin de ma vertueuse amie ,... cet horrible assassin,... c'est mon père !

Grand Dieu ! nous fûmes saisis le duc et moi de cet aveu si prompt, si inattendu, d'Eléonore, et Bargeny fut comme anéanti.

Oui, poursuivit - elle, Éloïse m'a dit ces paroles avant que d'expirer : Bargeny a soupçonné ce qui

est vrai... c'est ton père qui m'a
frappée d'un poignard. Tiens, vil
délateur, m'a-t-il dit, voilà ta récompense ! Puisse, ma chère amie,
a-t-elle ajouté, mon silence vis-
à-vis des autres, à cet égard, t'être
utile à quelque chose !... Ah ! Bargeny, reconnaissons donc dans ces
paroles de la victime, la volonté
exprimée de sauver par rapport à
moi-même, de sauver, dis-je, du
supplice un si grand coupable !
Non, l'ombre chérie d'Éloïse ne
nous apparaîtra jamais furieuse,
jamais elle ne réclamera de vengeance ; c'est pourquoi je pris hier
le Ciel à témoin qu'Éloïse expirante eût repoussé de cruels sacri-

fices !.. Et qu'il me soit permis d'a-
jouter que le furieux n'a pas cru
frapper sur le sein d'une femme !...
Il n'est pas moins criminel, sans
doute, mais c'est à sa fatale erreur
et non pas à sa férocité qu'il faut
nous en prendre ! Ah! Bargeny, par
le cruel désespoir où vous me voyez,
jugez tout ce que doivent me coûter les aveux que je viens de vous
faire. Eléonore, reprit alors Bargeny d'une voix étouffée, Eléonore... je vais obéir... Oui, si cela
ne dépend que de moi, que le
monstre vive!.. Je renonce à toutes
poursuites... Que la volonté d'É-
loïse soit accomplie.

Quelle action ! quel bienfait !...

Ici les expressions manquèrent à la reconnaissance... Et puis il est des situations d'âme qu'on ne peut jamais peindre.

Tout fut donc arrangé pour le mieux, et le criminel n'eut plus rien à craindre.

Il n'était pas venu à la pensée de Bargeny que de Beauval s'était refugié chez nous, chose que nous nous serions bien gardés de lui dire. Il le croyait même déjà loin... A cet égard nous n'avions donc pas été dans la nécessité de lui faire aucun mensonge. Seulement nous le laissâmes dans cette erreur, et il n'y avait pas, selon nous, de cas important qui nous obligeât à l'en tirer.

Une chose qui, peut-être, va bien
vous étonner, c'est que quand nous
crûmes pouvoir avec certitude annoncer à de Beauval la plus heureuse nouvelle qu'il pût recevoir,
après qu'il eut gardé un morne et
long silence, Ma fille, dit-il, je te
remercie de tes sollicitations près
de Bargeny; elles m'ont été d'un
bien grand secours dans cette circonstance, puisque l'effet qui les a
suivies, vient me réveiller du sommeil d'un lâche!... Tu es surprise
de ces paroles, je le vois!... Oui,
je bénis le sentiment qui m'anime
en ce moment; c'est tout ce que je
puis t'apprendre. Et véritablement,
sans nous en apprendre davantage,

sans répondre aux questions que
nous lui fîmes, et que nous suggéra
ce singulier discours de sa part, il
s'appuya, de ses coudes, sur une
table vis-à-vis de laquelle il était
assis, et se couvrit le visage de ses
mains, comme quelqu'un qui se
livre à de profondes réflexions. Que
fallait-il encore attendre de lui?..
Voulait-il attenter à ses jours? car
en se sentant réveillé du sommeil
d'un lâche, de quelle autre manière un homme comme lui pouvait-il faire preuve de courage?
Dans cette supposition nous le sur-
veillâmes bien plus encore que nous
ne l'avions surveillé. Il y avait alors
huit jours qu'il était caché chez nous.

Ce fut le quinzième, après la perte trop déplorable que Bargeny venait de faire, qu'il reçut l'ordre de se rendre le plus tôt possible au quartier général. Ah! nous dit-il, je reviendrai bientôt auprès du tombeau d'Éloïse : ici ce sera désormais ma patrie! Quand je ne serai plus, on mettra mon corps dans ce tombeau ; ma place y est désignée ; l'éternité sera donc mon seul bonheur, puisque elle seule peut me réunir à mon amie.

Nous allâmes visiter avec lui ce tombeau sacré. On y voyait tracés les regrets d'un époux trop malheureux ; on y lisait que la main d'un cruel meurtrier avait osé trancher le

cours d'une vie pure et consacrée à
l'exercice des plus touchantes et des
plus nobles vertus. Les exploits de la
jeune guerrière y étaient rigoureu-
sement détaillés ; de glorieux tro-
phées entouraient ce marbre somp-
tueux ; une grande partie des ha-
bitans de la ville était venue y répandre des fleurs. O mon Eléonore !
il me semble que je te vois encore
lorsque tu posas un genou en terre
contre ce monument ; lorsque tu
y déposas une couronne de lis et
de lauriers, formée de tes mains ;
lorsque ton âme purement religieuse
s'éleva vers le Ciel, pour lui demander l'éternel bonheur de celle d'É-
loïse.

Ainsi que je viens de vous le
dire, Bargeny était sur le point de
son départ. Le jour en est enfin
fixé. La veille de son départ, c'est
avec nous qu'il veut la passer toute
entière ; il ne doit se retirer que
bien tard..., que le plus tard possible. De Beauval en est instruit, et
doit rester tout le temps dans la
chambre où il est relégué jusqu'à ce
qu'il puisse repasser en France...

Je ne dois pas omettre que madame Hertfort doit être aussi avec
nous pour recevoir les adieux de
Bargeny. Toutefois, quoiqu'elle
sache que de Beauval respire dans
le même lieu que ses victimes,
elle ne l'a pas revu, et il ne

sait pas qu'elle est si près de lui....

Nous arrivons donc à cette journée... Quels entretiens, quelle tristesse, quelle douce union dans notre douleur ! Eléonore propose de prendre soin de l'enfant d'Eloïse, jusqu'à ce que cette enfant puisse se passer d'une mère adoptive. Elle presse vivement Bargeny de consentir à ce vœu d'une amitié éternelle ; il y souscrit en baisant les mains de celle qui insiste avec tant d'ardeur. Les paroles suaves d'Eléonore, les touchantes expressions de madame Hertfort, qui possède l'art de consoler en attendrissant, le zèle compatissant, les sentimens affectueux de notre frère bien-aimé,

sont comme un baume divin ré-
pandu dans l'âme sensible de Bargeny. Il nous écoute tour à tour,
ses yeux se mouillent de larmes...,
et le doux sourire de la mélancolie
vient effleurer ses lèvres pâlies par
le chagrin; ainsi qu'un rayon de
soleil vient percer la nue au milieu
des orages. Mais le temps s'est ra-
pidement écoulé, la journée est
déjà loin de nous...; onze heures
de la nuit vont bientôt sonner...;
à minuit nous devons prononcer un
adieu... Bargeny ne part qu'à sept
heures du matin, mais nous voulons
qu'il sommeille quelques heures.
En attendant cette séparation, nos
cœurs battent vivement; minuit

sonne enfin...; mais, ô ciel ! qui
eût pu le croire ?... une voix har-
die, une voix profane se fait entendre à la porte du salon, cette voix
fait retentir ces paroles : « Bargeny !
je t'attends, viens pour te venger ou
pour être vaincu. » Alors tous cinq
nous nous levons spontanément,
et Bargeny tirant son arme, se dirige avec impétuosité vers la porte.
Lécuyer fils et François, qui s'étaient
tenus dans une des chambres voi-
sines, accourent au bruit, et se pré-
cipitent sur de Beauval, au moment
même que la porte s'ouvre, et qu'il
se montre aussi une épée à la main.
Le duc et moi nous nous jetons sur
lui, et par ce moyen il se trouve

cerné. Mais il n'en appelle pas moins son adversaire, qui, furieux, s'élance vers nous pour lui ouvrir un passage et se mesurer avec lui. Il veut donc pénétrer au milieu de nous, quoi que fassent pour l'en empêcher Eléonore, madame Hertfort et Sophie. De Beauval tient toujours élevé son bras armé ; mais il est tellement pressé, serré entre nous, qu'il ne peut faire aucun mouvement. Bargeny se trouve dans une situation à peu près semblable ; mais bientôt l'épée de de Beauval éclate dans les mains du duc, qui, aux risques de se blesser, s'y est pour ainsi dire tenu suspendu dans le dessein de la briser ; cette arme brisée,

de Beauval frémit et pousse des cris
de fureur ; et dans l'accès qui le saisit,
il s'agite si violemment qu'il réussit
presque à se dégager. Aussitôt Bargeny, qui a pu s'avancer, va pour
l'entraîner en lui criant : Viens, j'ai
des armes! mais leur espoir est bientôt déçu ; car reprenant vigueur (et
à l'instant même nous recevons un
renfort de nos deux autres domestiques, qui sont deux femmes jeunes
et courageuses), reprenant vigueur,
dis-je, et ressemblant tous à un
flux et reflux, nous séparons ces
deux forcenés. Toutefois de Beauval est le plus acharné ; il ne cesse
d'insulter, d'outrager, de provo-
quer Bargeny, qui ne pouvant plus

s'en rapprocher, devient alors si
animé de courroux, d'indignation,
qu'il tombe sur le parquet dans des
convulsions si terribles, que nous
tremblons pour sa vie. Pendant ce
temps de Beauval reste toujours
étroitement retenu, et je vais aider
à secourir Bargeny, qui, en recou-
vrant la parole, n'articule que ces
mots : Ils m'ont trompé, ils m'ont
trahi. Hélas ! jugez de notre affliction. Non, cent fois non, lui dit
Eléonore, vous n'êtes ni trompé,
ni trahi : notre conscience ne nous
reprochera jamais cette atrocité.
Nous avez-vous jamais demandé où
était le coupable ? n'aviez-vous pas
dans la pensée qu'il était déjà bien

loin de nous ?... Nous avons alors
gardé le silence... Etait-ce donc un
crime ? Mon devoir n'était-il pas de
cacher à vos yeux notre ennemi
commun ?... En étiez-vous moins
l'objet de nos sincères affections ?
Vous que je dois arracher à vos
propres fureurs, ne nous haïssez
donc pas ; soyez plutôt sensible à
mes larmes, à mon désespoir.
Ah ! croyez-le bien, je suis toujours
digne de remplir les engagemens
que je me suis imposés à l'égard de
votre enfant...

Que ne peuvent les accens de la
vérité et de la vertu sur les cœurs
généreux et remplis de pureté ? Bargeny s'apaise ; mais de Beauval

devient de plus en plus la proie de
sa rage affreuse; il vocifère, il menace tout ce qui l'entoure. Je mourrai, dit-il, ici même; mais je veux
en entraîner plus d'un avec moi...
Allez, monsieur, lui dit Eléonore;
cessez de nous donner le spectacle horrible d'un homme révolté
contre ce qu'il y a de plus saint
et de plus sacré sur la terre.
Retirez-vous d'ici, vous avez assez
ensanglanté notre maison. Les enfans d'un père si barbare, quand il
ose menacer encore, peuvent le
méconnaître; allez, vous dis-je,
hors d'ici, vous trouverez encore
plus de ressource que la vertu per-
sécutée. Ó scélérat! lui dit Bargeny;

fléchis donc à ces paroles de ta respectable fille. Retire-toi donc, et
puisque je ne puis me venger, que
ton exécrable vue n'ajoute donc
plus à mon supplice. Ah ! madame,
quelle scène, et de quelle autre
allait-elle être suivie !

Nous nous disposions alors, autant par la force que par la prière,
à faire rentrer de Beauval dans
sa chambre. Il se débat trop long-
temps encore ; mais enfin il s'évanouit, ou, pour mieux dire, il feint de
s'évanouir comme un homme dont
une lutte fatigante a épuisé toutes les
facultés. Ne nous défiant pas de cette
feinte, nous nous hâtons de profiter
de son abandon ; nous le prenons

par le milieu du corps, pour le
transporter dans sa chambre; ses
bras alors se trouvent totalement
libres...: c'était ce qu'il attendait;
car à peine sommes-nous dans l'es-
calier, qu'avec une dextérité et une
promptitude incroyables, il trouve
un point d'appui, et ferme sur ses
pieds, nous frappe à droite, à gau-
che, renverse François et Lécuyer,
s'échappe, rentre dans l'appartement dont nous l'avions éloigné,
ferme la porte sur lui, avant que
nous ayons pu l'y suivre de quelques pas, et va droit à l'épée de
Bargeny, laquelle n'avait pas été
ramassée lorsqu'elle était tom-
bée des mains de ce dernier qui,

sous aucun rapport n'est en état de
se défendre, puisque ses violens accès de convulsions l'ont réduit dans
l'abattement le plus complet. Que
va-t-il devenir? cinq femmes éplorées
l'entourent.... Mais avec quelle impétuosité elles se jettent sur de Beauval, avec quel courage elles luttent
contre sa force prodigieuse, tandis que la porte résiste à nos efforts
cent fois redoublés. Alternative-
ment il recule, il se rapproche, il
recule encore...; mais enfin il saisit
l'arme en s'écriant: Il faut que je le
tue et moi après; et il est sur le point
de frapper, quand tout à coup furieuse, emportée par son désespoir,
Eléonore se baisse, le tire fortement

4.   12

par la jambe et le fait choir aussitôt
sur le côté droit. Combien alors sa
taille, presque colossale, lui est funeste dans sa chute; l'épée qu'il
ne quitte pas se brise sous lui,
et lui fait une blessure au-des-
sous du sein. C'est seulement après
sa chute que la porte nous est ou-
verte. Mais, grand Dieu! que devient Eléonore à la vue de son père,
baignant dans son sang, et, pour
cette fois, véritablement évanoui.
Elle croit qu'il ne vit plus...Va-t-elle
donc expirer elle-même? Ah! je suis
parricide, s'écrie-t-elle, oui, je suis
parricide. — Aussitôt nous le trans-
portons sur un lit, et nous bandons
sa plaie, en attendant le chirurgien

qu'on est allé chercher. Bargeny avait essayé de se relever ; mais que pouvait son courage quand ses forces étaient tant épuisées. Pourtant il se traîne vers Eléonore, et joint sa voix à la voix de ceux qui la supplient de se croire innocente ; mais elle n'éprouve un peu de calme que quand le chirurgien déclare très-formellement que la plaie n'est point mortelle.

Pourtant quelle nouvelle situation pour de Beauval, alité au milieu de ses victimes, à la merci de leur générosité, confus, honteux, tombé pour ainsi dire dans l'anéantissement.... Ce misérable ne ressemblait-il pas à la louve assouvie

de chair et de sang, mais terrassée
par la défense qui lui est opposée?
Pourtant son orgueil le domine encore dans tous ses esprits étonnés ; et
quoiqu'au bout de neuf jours on pût
espérer sa guérison, il n'en conserva
pas moins l'affreuse mélancolie du
crime enchaîné. Il semblait même
avoir deviné la résolution que nous
avions prise de le retenir, jusqu'à sa
mort ou la nôtre, dans l'endroit où
il était. Car nous étions bien convaincus que, libre tôt ou tard, cet
homme parviendrait à exécuter, à
son gré, quelque atrocité sur nous,
dût-il se frapper du dernier coup :
le crime a quelquefois en partage

une sorte d'audace, de courage, qui lui tient lieu de fierté.

Au bout de ce court espace de temps, je veux dire de ces neuf jours, il voulut me parler en particulier. Il me demanda quel parti nous prendrions à son égard, après sa guérison, parce qu'il avait lieu de croire que, par les derniers excès auxquels il venait de se porter, nous ne serions jamais dégagés de toutes craintes par rapport à ses intentions. Soyez franc, me dit-il, je vous le demande instamment. Eh bien ! lui dis-je, puisque vous le voulez, je vais l'être. Nous ne pouvons faire de pacte avec vous ; vous avez des moyens d'attaque qui

sont si épouvantables, que nous
avons la conviction que tant que
l'occasion s'en présenterait vous les
mettriez en usage contre nous. Or,
il faut mettre un terme absolu à
vos vengeances. En conséquence
nous avons résolu de vous retenir
ici jusqu'à votre mort ou jusqu'à la
nôtre ; encore sera-t-il nécessaire
de vous visiter jour et nuit.... Car
veuillez bien me dire comment
vous avez pu vous procurer une
épée ? On vous a fouillé en entrant
ici, et vous n'aviez point d'armes sur
vous. Vous avez mal examiné, me
dit-il, car cette épée dégarnie de
sa garde était placée aisément au
long de la large bordure qui se

trouve sur le côté de ma redingotte,
et la garde qui se démonte en plusieurs pièces était ainsi dispersée
dans diverses parties de mes autres
vêtemens, dans les poches desquels
vous avez seulement fait vos per-
quisitions. Si donc vous aviez cher-
ché plus scrupuleusement vous
auriez bien certainement trouvé
cette épée. Ce que j'appris alors
ne m'étonna pas, mais me causa
de la confusion. Je repris mon
discours : Eh bien ! je dis donc qu'il
ne peut y avoir de pacte entre nous,
puisque votre liberté ne vous ser-
virait qu'à nous nuire comme vous
l'avez fait tant de fois. Je sais que
j'exercerai ici un acte arbitraire

vis-à-vis de la loi ; mais que deviendriez-vous si nous allions vous livrer à la justice ? C'est une chose dont nous avons toujours voulu vous préserver, c'est-à-dire, pour parler bien clairement, dont votre vertueuse fille a toujours voulu vous préserver ! car c'est à son empire sur moi et notre ami, que vous devez d'avoir échappé aux poursuites des tribunaux. Mais, hélas ! sa douleur cruelle nous aurait-elle vainement implorés ! C'est donc pour Eléonore que nous avons fait tant de fois le sacrifice de la sûreté de notre vie : et ce sont de ces sacrifices, croyez-le bien, dont l'amour et l'amitié peuvent seuls être ca-

pables. Rendez donc grâces à l'ascendant de la vertu. Ne croyez pas
qu'en vous parlant ainsi, je pré-
tende abuser de votre situation actuelle, si toutefois je pouvais bien
en abuser par de justes reproches...
Il y a donc nécessité que vous soyez
constamment sous le même abri
que nous.... Eléonore, à cet égard,
pense comme moi ; et quand elle
vous a dit de vous retirer, c'est
qu'elle ne s'attendait pas au nouveau
coup que vous vous disposiez à
nous porter. Abjurez donc toute
dée de vengeance, si vous le pouvez. Voilà la volonté que j'avais à
vous exprimer ; vousen acquérez la
connaissance de quelques jours plus

4. 13

tôt. Cette volonté peut seule vous sauver de tout danger, puisqu'elle vous sauve de vous-même.

Quand j'eus parlé ainsi, et après un peu de silence : Eh bien! me dit-il, vous me laissez encore plus libre que vous ne pensez. Edmon, je suis satisfait de savoir vos intentions et celles de ma fille. Vous avez raison; je dois toujours vous causer des défiances, et je dois même dire de l'effroi ;... et je pense bien que de ma part toute promesse jurée... Oh! Ciel! m'écriai-je aussitôt, monsieur, pouvez-vous bien.... Allons, me dit-il, n'en parlons plus! Et toute interlocution s'arrêta là pour le moment.

Le lendemain il nous fit demander, Eléonore, le duc et moi.
Chacun, nous dit-il, a des vœux
qu'il souhaite d'accomplir ; j'en ai
formé un, mes enfans, auquel vous
ne sauriez vous opposer. Écoutez-
moi : le jour ou plutôt la nuit que
le Ciel, par ma fille, arrêta mon
bras et sauva, comme par miracle,
la vie de Bargeny, je voulus
mourir, emporté par mon furieux
désespoir ; je ne sentais rien en moi
que l'orgueil irrité au dernier excès ;
que le dépit de m'être si maladroi-
tement jeté dans le précipice. Mais
aujourd'hui que je me vois réduit
au terme de toutes choses, je crois
sentir quelques remords, résultat

presque ordinaire du désœuvre-
ment du crime ; car ne pensez pas
que j'aie cru commettre des actes
de vertu en vous persécutant. Cependant je vous avouerai aussi que
ma situation actuelle m'humilie
bien plus que ces remords ne
m'affligent, puisqu'il est bien vrai
qu'ils n'agissent sur moi que d'une
manière accidentelle. Certainement
si j'eusse triomphé selon mes vœux
et mes attentes, je ne connaîtrais
pas aujourd'hui de remords, attendu qu'il est des actions crimi-
nelles qui n'y conduisent jamais
moins que quand elles sont cou-
ronnées d'un plein succès. De plus
la nature de ces remords dont je

me sens atteint, ne comporte point de sensibilité; il n'y a rien de vertueux dans l'action qu'ils ont sur moi; ils tiennent seulement à l'idée du juste et de l'injuste. Le mal ne peut être le bien; voilà tout ce que je me dis : or j'ai fait des victimes, tous les torts sont de mon côté. La conscience que j'ai de mes torts me cause ces remords qui ne sont arrivés jusqu'à moi qu'avec la lenteur des solutions obtenues par le secours d'une froide argumentation. De là une sorte de besoin que j'éprouve, d'après le plan que j'ai formé, de me dévoiler entièrement. Je veux donc que vous m'améniez un ecclésiastique, le plus

respectable que vous puissiez trouver, parce que je veux me confesser. Je veux que ceux qui ont été
témoins de ma dernière catas-
trophe soient présens à ma confession, que je ferai hautement;
songez bien que je n'excepte pas
même un domestique ! Surtout que
Bargeny ne s'exempte pas de m'entendre ; ce serait un manque de
courage indigne de lui. Je vous
étonne, je le vois; mais, d'après le
plan que j'ai formé, il faut qu'il en
soit ainsi. La résolution de me dévoiler avec franchise comporte
une sorte de grandeur d'âme que
je prise beaucoup, et que vous ap-
précierez peut-être.... Vous pré-

terez donc tous une grande attention à tout ce que je dirai alors,
parce que non-seulement vous ap-
prendrez des faits que vous ignorez, mais parce que ce sera la dernière fois que je parlerai.

Mon père, lui dit Eléonore
quand il eut terminé, vous serez
obéi. Je ferai tout ce qui dépendra
de moi pour déterminer Bargeny
à se rendre auprès de vous. Mais
quel est donc le plan que vous avez
formé ? et pourquoi sera-ce la dernière fois que vous parlerez ? Allez-
vous encore nous épouvanter par
d'autres résolutions ? Oseriez-vous
attenter à vos jours ? Eh ! comment,
lui demanda-t-il, croirais-tu que

cela me fût possible, puisque, pour
cette fois, je n'ai ni arme ni poi-
son ?... Eléonore n'osa répliquer à
cette question, dans la crainte de
lui donner une pensée qu'il n'avait
que trop. Elle lui dit seulement que
dans le cas où il pourrait attenter à
sa vie, elle préférerait le voir s'é-
loigner encore, si j'y consentais
ainsi que notre ami. Non, non,
reprit-il vivement, je rougis à la
seule idée d'une telle concession.
J'ai fait toutes les réflexions que
j'avais à faire. Oblige-moi seulement de remplir les intentions que
je viens de te déclarer; et je ferai
ce que j'ai résolu, parce que nulle
puissance au monde ne peut m'en

empêcher. Mais, monsieur, lui dit
le duc, vous êtes de plus en plus
effrayant et cruel ! ayez donc pitié
d'Eléonore ! Monsieur le duc, répondit de Beauval, ma fille est un
ange de vertu, que de certaines
douleurs ne doivent point atteindre.
Je lui défends même de me donner
une larme lorsque je ne serai
plus !...Va, ma fille, dit-il ensuite
à Eléonore, fais ce que je t'ai dit ;
pour l'instant j'ai besoin de repos...

Dès que nous eûmes quitté de
Beauval, nous annonçâmes à madame Hertfort et à Bargeny ce qui
venait d'avoir lieu, et ils voulurent
bien se rendre à son vœu. Nous le
lui dîmes dans l'après midi, et nous

lui trouvâmes un ecclésiastique pour
le lendemain même.

Quand l'heure est enfin venue,
madame Hertfort ainsi que Bargeny
se figurant un si grand criminel à
ses derniers momens, ils s'appro-
chent de lui, comme le duc et nous,
c'est-à-dire, non sans effroi, mais
dans une résolution courageuse.
Nous prenons donc place autour
du lit en attendant l'ecclésiastique.
Madame Hertfort est couverte d'un
voile pour dérober à la vue les
impressions douleureuses qu'elle
reçoit à l'aspect de notre ennemi
commun. Bargeny pâle, défait, et
le deuil dans tous les traits, est assis
les bras croisés et la tête baissée;

le duc est près de lui; Eléonore et moi, nous sommes tout près du lit; Adèle est sur les genoux d'Eléonore, et nos domestiques, placés derrière nous, forment un double rang.

De Beauval garde un profond silence en nous considérant tous l'un après l'autre... Enfin l'ecclésiastique arrive; de Beauval le considère aussi, et prend ensuite la parole : Approchez, lui dit-il, approchez, vénérable ministre du ciel; je vous vois tel que je vous ai souhaité. Venez entendre ma confession. Je vous préviens que je vais vous parler devant tous ceux que vous voyez ici, et ce sera devant eux que vous m'exhorterai, s'il y a lieu.

Le prêtre se place à la droite de de Beauval, qui, après un court intervalle, fait ainsi sa confession.

Monsieur, je n'ai jamais eu besoin des définitions de Descartes, de Leibnitz, encore moins de celles de Locke, pour être convaincu qu'il y a un Dieu, et que nous avons une âme : à cet égard, je n'ai jamais vainement interrogé mon *moi;* mon jugement, qui a suivi cette grande idée, a toujours été affirmatif. Ce n'est pas seulement une faculté que je reconnais en moi de pouvoir discerner la puissance divine ; c'est une croyance innée ;

c'est une croyance que nous appor-
tons tous, et que le sentiment dé-
veloppe et affermit à mesure que
nous marchons vers la perfection
de notre organisation. Il n'y a pas
de pyrrhoniens à cet égard; il n'y
a que des hommes qui mentent à
leur conscience, et qui se plaisent
à faire assaut d'une honteuse spé-
ciosité. Cependant, cette croyance
de l'Être suprême ne suffit pas toujours pour arrêter le cours de nos
passions : je suis un exemple de
cette funeste vérité! Pour vous
parler suivant la morale, la saine
philosophie, je vous dirai que les
passions qui m'ont dominé sont les

plus coupables, les plus viles, les plus odieuses.

Toutefois, quoique je sois bien convaincu qu'un homme n'a pas le droit d'en confesser un autre, puisqu'il n'a pas la puissance de le sauver des peines que Dieu peut infliger aux âmes, s'il est bien vrai que Dieu punisse les âmes; puisque, pécheur lui-même, cet homme a besoin à son tour de solliciter pour lui-même, puisque chaque heure de sa vie l'assimile à l'être le plus faible; puisqu'il n'est pas doué d'une substance privilégiée; puisqu'il est bien certain que Dieu n'a pas voulu détruire l'ordre établi relativement à l'immense et éternelle distance qu'il y a entre lui et sa créature , dont l'intervention lui est inutile pour connaître les crimes ou les faiblesses du cœur humain ; cependant je reconnais dans votre assistance l'image de la piété , et j'aime à voir en vous un témoin de plus d'une expansion qui , loin d'avoir rien de touchant, vous fera frémir sans doute..... Mais j'ose y trouver de la grandeur d'âme. Les faits que je vais vous apprendre doivent servir à épouvanter ceux-là qui voudraient m'imiter , et à faire honte à ceux-là qui se croiraient généreux en me pardonnant tout le mal que je leur ai fait. Je voudrais, monsieur, pouvoir être

entendu d'un peuple entier, pour
qu'il publiât dans l'univers cette
confession. Cette publication, je la
sollicite même !...... Néanmoins,
quoi que j'en dise, remarquez bien
que ces repentirs outrés, ces remords déchirans auxquels sont li-
vrés les hommes qui, par pure faiblesse, se sont précipités dans de
honteuses dépravations, ne me tour-
mentent pas. La nature de mes remords n'a rien qui ne tienne au
raisonnement ; le sentiment n'y
est pour rien, et quand j'en éprouve
quelques uns, c'est donc par un
retour sur moi-même de l'ordre
naturel des choses, puisqu'il est
vrai que les hommes ne peuvent

pas trouver la félicité dans le mal, ni la procurer par le mal. Vous avez entendu mon exorde ; maintenant voici mes actions.

Dès l'âge de seize ans, j'ai senti vivement les premières atteintes de l'orgueil, de la vanité, de l'amour des titres et des priviléges, du luxe et par conséquent de la convoitise des grandes richesses. Il s'ensuivit indubitablement du mépris pour l'état de mon père, qui était fabricant de draps. Il était resté veuf à l'âge de trente-six ans. J'étais fils unique. L'estime dont mon père jouissait n'était pas fondée seulement sur ses vertus privées, mais sur ses talens commerciaux. Il en-

tretenait plusieurs fabriques en France , et par conséquent faisait vivre
un bon nombre de familles. Sa maison
était fréquentée par la meilleure
société. De la noblesse s'y insinua,
croyant sans doute faire un grand
honneur à ce bon citoyen , qui
l'accueillait avec une sorte de bienveillance , qu'elle était trop vaine
pour apprécier. Néanmoins, le ton,
les manières , l'air tout protecteur
des barons, des marquis, des comtes
et vicomtes qui nous faisaient leurs
visites , me ravirent au point que
je fus au désespoir de n'être point
né noble. Un jeune marquis de dix-
huit ans , colonel depuis l'âge de
quinze ans , avait daigné m'appeler

son ami ; il arriva bientôt au point
de ne plus jurer que par mon nom ,
et finit par me dire un jour, en me
serrant la main : O mon cher de
Beauval , il ne te manque plus que
des parchemins !... et si ton père
voulait.... Quoi! lui dis-je , vous
croyez donc qu'on ne me tiendrait
pas compte de l'état de mon père ?
Eh , mon Dieu, que dis-tu là ? Jamais, mon cher, jamais, reprit-il
d'un ton très-persuasif. Ecoute,
poursuivit-il , si tu veux, nous se-
rons les meilleurs amis du monde.
Tel que tu me vois, je ne suis pas
riche ; mon père a dissipé toute sa
fortune : mais avec les parchemins
que son père, premier valet de

chambre d'un intendant de province lui a achetés, je trouverai une
fille riche, et je la trouverai sans
peine, parce que les titres ont une
vertu incontestable pour éblouir
beaucoup de gens. Je ne doute pas
que tu ne saches apprécier toute ma
franchise à ton égard... Eh bien
donc, que ton père se hâte de te
faire noble, tu seras bientôt poussé
à la Cour, et tu seras, comme moi,
la source d'une illustre généalogie.
Il n'en fallait pas davantage pour
me monter la tête, et je calculai
de suite que mon père pouvait, sans
peine, m'acheter un marquisat.
Après quelques jours de réflexions,
je m'enhardis à lui en parler. Moi

qui l'avais vu si bien accueillir les
nobles, pouvais-je croire que cette
ambition dont j'étais déjà tour-
menté, et que je considérais comme
une marque des sentimens les plus
élevés, allait lui déplaire ? Peut-être
même allais-je entrer dans ses vues,
et avait-il attendu que je lui té-
moignasse le premier de telles prétentions, pour être convaincu que
j'étais digne de me placer au-dessus
des autres. Mais quelle sottise était
la mienne ! Malheureux, me dit-il,
aussitôt que je me fus avancé à cet
égard, ne sais-tu donc pas t'honorer de ton origine ? Ne la crois-tu
pas assez noble telle qu'elle est ?
Quoi ! j'irais m'aviser de renoncer

à ma généalogie, quand je mets toute ma gloire à compter trois cents ans passés de notre établissement de père en fils! Les Debeauval, sache le bien, et du nom de qui je te défends de séparer jamais la première syllabe pour la transformer en particule, les Debeauval, dis-je, ont fait vivre plus de citoyens que la haute et la basse noblesse n'en feront jamais vivre. La nature de la demande que tu me fais, ne te prouve-t-elle pas le néant des titres de noblesse? Va, ce n'est pas la vertu qui s'achète à prix d'argent; c'est la sottise et l'immoralité cachée sous l'apparence des honneurs. Glorifie-toi plutôt de ce que tu es, et non pas de ce que tu veux être. Jamais de mon vivant mon argent ne sera employé à me revêtir de prétendus titres de noblesse ; j'aurais honte de méconnaître mes respectables aïeux dont la carrière de chacun est un exemple de vertu : fais comme ils ont fait, tu seras d'une véritable noblesse, de cette noblesse approuvée, reconnue par les hommes en majorité, et bénie par le ciel.

D'après cette réponse, je fus bien convaincu que mes vœux ne seraient jamais accomplis du vivant de mon père. Il n'avait encore que quarante ans, et j'avais, comme vous le voyez, s'il était pour

vieillir, le temps de languir après
un marquisat. Cependant je ne crus
pas devoir mieux faire que de dissi-
muler tous mes mécontentemens.
Et pendant quatre ans, je mûris
donc le projet de me faire noble
avant la mort de mon père et sans
le secours de sa fortune.

Le marquis à qui je m'ouvrais entièrement parce qu'il en faisait autant à mon égard, fut tout émer-
veillé de trouver ses vues en rapport avec les miennes. Si pourtant
on lui refusait une fille riche, il était
noble, mais pauvre, et il aurait eu
recours à la séduction et à la con-
sommation du déshonneur de la
jeune personne pour l'épouser. Et

moi par la raison que j'étais *roturier*, mais riche, je voulais en faire autant : lui épouserait donc pour la fortune, et moi pour entrer dans une grande famille qui m'eût incontestablement procuré des titres de noblesse, se voyant forcée de m'unir à la personne dont j'aurais compromis la vertu. Le marquis me louait beaucoup de mes vues; mais pourtant, sur le point de pouvoir séduire la fille d'un très-riche banquier, fille jeune et fort belle, et de laquelle il était aimé, il fut scrupuleux, et la laissa épouser par le fils d'un autre banquier, et se contenta d'épouser la fille d'un négociant, qui ne lui apporta que vingt

4. 15

mille francs de rente, et qu'il a fini
par aimer comme un bon bourgeois
aime sa femme. Aussitôt qu'il fut
dans son ménage, ne s'avisa-t-il pas
de vouloir me faire renoncer à mes
projets. Il avait alors vingt-deux
ans et moi vingt. Je ne l'écoutai pas,
et je fus même plus déterminé que
jamais à les poursuivre.

J'étais donc dans ces dispositions
d'esprit, lorsque mon père m'an-
nonça qu'il allait m'envoyer en
Italie, avec des marchandises en
assez grande quantité, dont une
partie était payable au comptant.
Il m'avait déjà envoyé dans diverses
provinces de la France, et je n'a-
vais obéi qu'avec une répugnance

extrême, bien qu'alors je ne lui en
donnais pas la moindre atteinte, la
dissimulation se perfectionnant de
plus en plus chez moi. Mais, pour
cette fois, sa volonté ne me déplut
pas; je trouvai que ce voyage en-
trait absolument dans mes intentions, parce que j'allais dans une
contrée lointaine, et qu'il me char-
geait de marchandises payables au
comptant. En effet, arrivé à desti-
nation, je négociai le tout, selon
les ordres de mon père. Je lui rendis
les comptes les plus exacts; mais je
gardai le montant des marchandises payées, lequel n'excédait pas
cent mille francs, somme bien peu
considérable pour mon père, mais

bien nécessaire pour m'aider à re-
présenter d'abord, et je passai aussitôt en Allemagne.

Je préférai ce pays, parce que j'y
connaissais un délégué pour la
France, que je m'empressai d'aller
trouver à Vienne, où il était de retour, et auquel j'avais inspiré beaucoup d'intérêt. Voici comment :

Il faut dire que les dédains que
j'avais pour le commerce, non-seulement tenaient à mon penchant
irrésistible pour la noblesse, mais
au goût que j'avais pour les négociations diplomatiques. J'étais dans
mon élément lorsque j'en parlais;
et ce délégué avec lequel je m'en-
tretenais souvent était étonné de

mes dispositions et des étincelles
qui rejaillissaient de nos deux opi-
nions. Il me dit qu'il ne fallait pas
perdre l'occasion de faire de moi
un homme d'état, et qu'il me prendrait d'abord pour secrétaire intime, si mon père voulait y consentir. Je le conjurai d'en parler le
plutôt possible à mon père, ce qu'il
voulut bien faire, mais inutilement;
car mon père nous déclara nettement qu'il ne voulait pas que je
fusse un diplomate, mais qu'il en-
tendait que je fusse un bon négociant.

Je fis donc à celui qui s'était si
fort intéressé à moi le mensonge
que mon père m'avait enfin laissé

maître du choix de ma carrière. Il
me reçut avec une sorte d'empres-
sement qui flatta beaucoup ma vanité ; et il mit le comble à ses bonnes grâces pour moi, en me chargeant de suite de diverses affaires
dont je m'acquittai à son gré. Je fis
en peu de temps la connaissance de
beaucoup de seigneurs allemands.
Mon ton, mes manières, mon langage, me firent favorablement remarquer, et mes intérêts étaient déjà en assez bon chemin, quand j'eus
l'imprudence de regarder de trop
près la fille de mon protecteur, le
délégué, de laquelle l'orgueil alle-
mand s'en irrita au point qu'elle s'en

plaignit à son père, qui me congédia sans délai.

Ce premier échec ne me plut pas; mais il ne suffisait pas pour me décourager. J'étais fort dans les intimités d'un vieux palatin de Pologne qui, pour me consoler de ma disgrâce, m'emmena avec lui en Prusse où il avait de grandes affaires d'intérêts particuliers à régler, et me promit sa protection en tout point. Ce palatin était de haute noblesse et d'une bonté rare; il alla jusqu'à me dire qu'il était bien fâché de n'avoir point une fille, car il me la donnerait sans scrupule. On a bientôt anobli son gendre, ajouta-t-il; mais tous les barons allemands ne

pensent pas comme cela. Je fus
chargé de toutes les affaires de ce seigneur, et pendant deux ans que je
passai avec lui en Prusse, je ne fis
rien autre chose, parce qu'il m'a-
vait promis l'entrée dans la maison
d'un très-grand seigneur polonais,
avec lequel il était lié depuis l'enfance. Il me protesta qu'il n'y avait
pas pour moi une plus brillante occasion de me jeter dans une honora-
ble carrière. Ce grand seigneur rési-
dait à Varsovie, pays natal du vieux
palatin, qui, ennuyé de voyager, allait y retourner pour n'en plus sortir.

Peu de jours après notre arrivée
dans cette capitale, il me conduisit
donc chez cet ami intime. En effet,

mon protecteur me fit agréer selon les espérances qu'il avait conçues ; car le haut et puissant comte Woronsky... (ici Bargeny fait un mouvement involontaire et fixe de Beauval qui, ne s'en apercevant pas, poursuit sa narration) m'accorda tant de confiance, me donna tant de part à ses amitiés, qu'il me chargea de plusieurs missions d'autant plus importantes, qu'elles avaient trait aux intérêts privés du Roi. Peu de temps après mourut mon vieux protecteur.

Le comte de Woronski avait une fille jeune et belle : pour cette fois je fus plus adroit, je la séduisis et l'enlevai peu de jours avant celui

qu'elle devait s'unir à un des pro-
ches parens du Roi : union déter-
minée depuis long-temps, et que
le comte ambitionnait avec une ardeur extrême.

J'enlevai donc la jeune Lodoïska,
et la conduisis dans un village peu
distant de Londres ; et je n'annon-
çai à ses parens le lieu qui nous re-
léguait, que quand elle fut enceinte.
Mais je ne pus recueillir le fruit
de mes projets. Le seigneur Woronski mourut de dépit et de douleur de ce qu'il appelait la honte
de sa fille et le dséhonneur de ses
cheveux blancs. Ce vieillard mourut donc le jour même qu'il en eut
acquis la certitude par ma lettre.

Quelques mois après la mort de son époux, la comtesse vint trouver sa fille, et je profitai de cela pour abandonner cette dernière. Quoique je puis avouer qu'elle fut la seule femme que j'avais véritablement aimée jusqu'alors, comme son alliance n'était plus propre à remplir mon but, je n'avais plus d'autre résolution à prendre. Depuis j'ai su que lord Hertfort... Ah ! dit aussitôt Bargeny, en interrompant de Beauval, arrêtez... c'en est assez !.... Eléonore ! embrassez votre frère... Oui, Eléonore, je suis votre frère. Grand Dieu ! s'écrie madame Hertfort, Bargeny ! mon cher Bargeny ! vous

êtes mon fils ! et cette mère sensible s'évanouit alors entre nos bras.
Quel tableau ! l'étonnement de de
Beauval était inexprimable ; mais
si vous eussiez vu Bargeny pressant
sa mère contre son cœur, combien
les larmes qu'il versait étaient dé-
chirantes ! comme elles étaient l'expression de tout ce qu'il éprouvait
alors ! quelle étrange et cruelle position! Grand Dieu! quel père il recon-
naissait ! De Beauval seul ne pleu-
rait pas ; il était stupéfait ; mais en
même temps sa froide et trop froide
insensibilité, que dis-je, l'impassi-
bilité, l'odieux stoïcisme du crime,
étaient empreints sur chacun de ses
traits ? Néanmoins cette reconnais-

sance suspendit sa confession ; et s'adressant à l'ecclésiastique qui pouvait à peine croire tout ce qu'il voyait, Monsieur, lui dit-il, veuillez bien revenir demain à pareille heure, les mêmes personnes seront présentes, et j'acheverai ce que j'ai commencé. Puis il dit à Eléonore : Ma fille, je veux être seul ; fais, je te prie, retirer tout le monde. Et alors nous nous retirâmes tous d'auprès de lui.

Eléonore, le duc, madame Hertfort, Bargeny et moi, réunis immédiatement après la sortie du vénérable ministre, nous nous livrâmes à tous les sentimens que devait nous causer cette reconnaissance trop inattendue. En effet, s'il n'était pas venu à la pensée de de Beauval de se confesser, comment eût-elle eu lieu ? Car il nous parut alors que Bargeny voulait nous faire un mystère de sa naissance et des malheurs de sa mère. Voici ce qu'il nous apprit de toute sa famille et en fort peu de mots :

Lorsqu'en 1793, lord Berestfort passa en Écosse, il eut à peine le temps d'y séjourner, ou, pour mieux dire, il n'eut que celui de fuir en Irlande, où il demanda la protection du lord lieutenant, qui la lui accorda ouvertement en témoignage de l'estime qu'il avait pour lui ; mais il ne put le garantir d'être assassiné peu de jours après son arrivée à Dublin, dans les bras de lady Berestfort, qui en mourut subitement de douleur et d'effroi. L'infortuné Berestfort ne survécut que de quinze jours à son épouse. Dès qu'il se sentit à ses derniers momens, il envoya vers le lord lieutenant pour le faire supplier d'accorder sa protection au jeune enfant qu'il laissait après lui, et qui était le petit Ernest. Le lord lieutenant, indigné d'un tel assassinat, et qui n'avait cessé de se faire informer de l'état du malade, accourut lui-même auprès de Berestfort, auquel il promit de veiller sur cet enfant, dont lui, Berestfort, assura par testament la fortune, et le fit nommer baron de Bargeny, par l'intervention du lord lieutenant. Bargeny, destiné à l'état militaire, fut fait colonel lors de l'expédition d'Espagne, et passa ensuite au généralat, lors de la coalition de toutes les puissances de l'Europe contre la France, en 1814 et 1815.

Vous vous représentez assez quelle journée nous passâmes en attendant la suite de la confession de l'auteur de tous nos maux. Pendant cet intervalle, il ne fut permis qu'à ceux de nos domestiques qui le servaient de s'approcher de lui.

Le lendemain nous nous rendîmes donc auprès de lui, dans le

même nombre et dans le même ordre que la veille. Il nous reçut sans plus d'émotion, et garda le même silence jusqu'à l'arrivée de l'ecclésiastique. Hélas! il n'en était pas ainsi de Bargeny quant à l'émotion. Il se taisait aussi ; mais il ne pouvait cacher tout ce que lui faisait éprouver sa nouvelle situation auprès de de Beauval.

Enfin l'ecclésiastique entra, prit sa place, et de Beauval reprit ainsi :

Monsieur, à peine eus-je quitté le village en question, que ce fut pour me rendre à Londres et partir de ce pays avec la fille d'un duc et pair d'Angleterre. Cette demoiselle avait

4. 16

vingt-cinq ans, et je l'avais séduite dans le même but que j'avais séduit Lodoïska; mais elle me repoussa avec la plus grande indignation, ayant appris toutes mes menées à l'égard de ma jeune victime. Ce coup me fut si sensible que je commençai à me méfier de toute entreprise de ce genre, et que je me hasardai de retourner en Allemagne où je rétablis ma fortune que j'avais bien épuisée (car j'avais assez bien tiré profit de mes négociations), où je rétablis, dis-je, ma fortune aux dépens de celles de quelques baronnes allemandes trop avancées en âge pour me paraître bonnes à autre chose ; ce qui

m'avait mis à même de me passer
de la fortune de mon père dans le
cas qu'il m'eût déshérité. Je ne lui
avais pas donné de mes nouvelles
depuis ma disparition. En 1789, je
revins en France très-décidé à me
faire anoblir, parce que je ne
croyais pas beaucoup à la révolution française qui commençait alors;
mais en 1790 je perdis toute espérance.

J'eus le bonheur de gagner mon
pardon près de mon père ; mais à
condition que j'épouserais la fille de
son intime ami, et que je ferais
abnégation de tous mes penchans
ridicules et de tous mes travers
indignes d'un *homme honnête et*

pensant ! Mon père ignorait les actes dont je m'étais déjà rendu coupable. Je lui promis ce qu'il voulut, et j'épousai la fille de son ami. Je n'aimai pas ma femme, et je le lui prouvai par une constante débauche. Je la rendis donc fort malheureuse ; et je la vis mourir à la suite d'une violence occasionée par une querelle, sans que cela me causât le moindre chagrin. Elle nourrissait alors ma fille : elle expira dans les bras de son malheureux père qui était présent alors, et qui ne lui survécut que d'un an.

Je vais donner ici le détail de quelques unes de mes actions les plus coupables envers ma femme,

la victime la plus respectable que
j'avais encore faite.

Six mois après notre union, il ne
me convint plus de lui faire un
mystère de ma vie licencieuse au
dehors ; et sans que j'eusse besoin
de la lui avouer, elle en fut tout-à-
fait instruite. Je fus sourd à ses
exhortations, je fus insensible à ses
prières, et je n'opposai bientôt plus
qu'un rire ironique à ses larmes. Je
lui proposai de patienter ; elle me
dit qu'il y avait une sorte de patience qu'un mari ne pouvait point
exiger de sa femme ; je lui proposai
d'être ma confidente, elle rougit ;..et
je n'en fus pas plus réservé dans mes
paroles ni dans mes propositions.

Madame de Beauval était belle, le nom d'Hélène lui convenait à merveille, et j'aurais bien mérité le sort de Ménélas; mais ma femme était trop vertueuse pour chercher dans sa situation d'autres consolations que dans l'amitié de son père, le seul qui lui restait de toute sa famille. Dans le moment que je l'affligeais ainsi, elle était enceinte : dans ce moment même je m'étais amouraché d'une jolie figurante de l'Opéra, quoique j'eusse une autre maîtresse dont je vous parlerai tout à l'heure. Cette jolie figurante, dont les traits les plus séduisans pour moi étaient ceux de ses agaceries variées et continuelles,

me tournait l'esprit, et je m'avisai
de la vouloir sous le même toit que
moi; et je fis cette proposition à
madame de Beauval, ce qui nous
conduisit à l'entretien suivant :
Voilà, me répondit-elle, un acte
de patience qui surpasse ma vertu,
et j'ai le droit de m'opposer à cette
prétention. — Vous avez raison;
mais ce n'est qu'au prix de notre
séparation; et comme je veux faire
de vous mon amie, je ne voudrais
pourtant pas vous voir sortir d'ici.
—Vous voulez donc me voir mourir
de douleur? —Non, je veux que
vous soyez assez raisonnable pour
avoir égard à mes faiblesses. — Ce
ne sont pas des faiblesses que vous

avez, ce sont des vices. — Vous les épurerez par votre vertueuse patience. — Mais je vais être mère. — C'est justement ce qui vous consolera beaucoup. — Oui, je le pense aussi, et je dois aspirer à ce moment ; mais, ma jeunesse, vous la comptez donc pour rien ? — Là maternité donne des années. — Vous me trouverez donc alors trop âgée pour vous ? — Non, mais assez respectable pour que je ne vous charge pas d'éteindre tous les feux de mon âme. — Vous ne me répondez qu'en homme dépravé ; j'ai dix ans moins que vous, et vous êtes d'une organisation morale qui vous en donne au moins vingt de

plus que moi ; et vous vous réservez
des infirmités qui vous rendront
vieux avant que je n'aie atteint l'âge
de maturité, si je ne meurs pas du
mal que vous allez me faire. Nous
ne sommes pas, d'ailleurs, dans une
contrée où les hommes sont long-
temps plus jeunes que les femmes.
Trente ans passés que vous avez
ne valent certainement pas mes
vingt-deux ans et ma vie pure ; et
puis cette prétention de vouloir
être plus jeune qu'une femme,
lorsqu'on a plus d'années qu'elle, est
ridicule. La carrière des hommes
ne se poursuit pas plus loin que
celle des femmes, et les infirmités
arrivent aussi promptement pour

4. 17

eux que pour elles ; il faut bien que
l'homme tienne de sa mère, et c'est
ce qui a lieu incontestablement. Un
homme de quarante ans offre l'aspect d'une pleine virilité, les attraits
du bel âge l'ont totalement quitté ;
une femme de quarante ans en offre
encore quelques uns ; et un homme
de soixante ans n'est pas plus at-
trayant aux yeux de l'amour,
qu'une femme de soixante ans.
C'est une coquetterie insoutenable
dont il faut que de certains hommes
se défassent ; elle est d'ailleurs hu-
miliante pour eux, puisqu'on s'en
moque généralement. — Mais un
homme peut se reproduire jusqu'à
soixante ans passés, et il est rare

qu'une femme de cinquante ans ait
la même faculté. — D'accord ; mais
non pas dans l'idée que vous vous
faites. Le repos de la nature chez
une femme n'est point une marque
de décrépitude ; s'il en était ainsi,
elle serait au terme de sa vie, et
vous voyez qu'elle n'entre même
point encore dans l'état de vieil-
lesse. C'est, au contraire, une marque
de la sagesse divine qui veut que la
femme ait pardevers elle le temps
de veiller exclusivement aux soins,
à l'éducation, au bien de toute sa
famille. Il est bien malheureux de
perdre un père ; mais que deviennent les enfans qui perdent une
mère de quarante-cinq à cinquante

ans !... Faites donc bien attention que l'organisation physique de
l'homme n'est pas autant privilégiée que vous le pensez. Toutefois il
existe entre l'homme et la femme
une différence bien marquée ; c'est
qu'elle a beaucoup plus à souffrir
que lui, ce qui devrait nécessaire-
ment abréger sa vie ; l'homme ne
souffre rien en comparaison, et il
ne vit pas plus long-temps qu'elle.
Que serait-ce donc s'il endurait
comme elle et avec fréquence des
maux inouis ! et c'est ici que nous
rencontronslenéant de ce que vous
appelez votre force physique. Ainsi
que je viens de le dire, l'homme
est atteint par les infirmités ; mais,

généralement, un rien l'abat, un
rien le détruit ; il a fait abandon de
son courage, et la femme conserve
le sien au milieu de ses supplices
multipliés ; et vous prendriez le moment du repos de la nature en elle,
pour le moment de la décrépitude !
Le libertinage, la dépravation seuls
peuvent raisonner ainsi. Ne pous-
sent-ils pas plus loin encore leurs
honteuses spéculations ? N'enten-
dons-nous pas des hommes nous
dire qu'une femme de vingt-cinq
ans est déjà vieille ? Les attraits
de la femme sont transcendans
jusque dans leur déclin ; les attraits
de l'homme ne peuvent être que
dans son cœur, et ceux-là ne péris-

sent jamais. Ainsi l'a voulu l'auteur de toutes choses.—Mais, madame, à votre compte, nous vous sommes bien inférieurs.—Non, les hommes ne sont inférieurs aux femmes que quand ils veulent les rabaisser. Les hommes nous sont aussi nécessaires que notre âme, à nous femmes, est nécessaire à notre corps. Nous ne serions pas sans eux; mais ils seraient moins que rien sans nous, puisque tout notre être est consacré à la confection de l'espèce humaine, qui ne leur coûte qu'un soupir, qui est le signe de leur ivresse, et qu'ensuite l'espèce humaine est totalement à notre discrétion. Mais le Ciel a ordonné

que la femme remplirait absolument son devoir, ce qui fait que
son emploi est si important sur la
terre. — Fort bien ; mais si l'homme
vous cède la prééminence sur ce
point, vous ne disconviendrez pas
qu'il a toute puissance sur la femme ?
Rousseau n'a-t-il pas dit que
l'homme est le seigneur et maître
de la femme, et qu'elle lui doit
obéissance ? — D'autres l'ont dit
avant lui et le diront encore après ;
mais c'est la consolation des fous ou
le plaisir des méchans. Il y a deux
volontés : celle de celui qui veut
commander, celle de celui qui ne
veut point obéir ; faites que cette
dernière volonté n'existe pas dans

la femme? On peut la contraindre, l'obséder, la rendre esclave ; mais tout cela ne manifeste pas son obéissance ni ne saurait légitimer les droits de seigneur et maître. Une créature n'est point faite pour fléchir à ce point devant une autre créature, et à plus forte raison la femme devant l'homme ; elle a trop de dignité pour cet état d'avilissement. Et si un sexe doit fléchir devant l'autre, l'homme sait parfaitement que c'est plutôt à lui de le faire, mais avec cette différence qu'il ne s'en trouve point avili, et cela est si vrai que c'est presque toujours à genoux qu'il demande la possession d'une femme ; la nature

lui a tellement indiqué cette position, que, de l'état le plus sauvage
au plus civilisé, il n'en prend pas
d'autre d'abord : c'est même une
ruse indispensable pour le mé-
chant. — Mais au moins l'homme
sera le protecteur de la femme s'il
n'en est pas le maître.—Volontiers,
c'est son devoir de la protéger, de
la défendre ; mais les deux sexes se
protégent, se défendent réciproquement. — Mais la force physique
de l'homme le met à même de la défendre plus éminemment.—Contre
qui et comment ? Si c'est contre un
seul ennemi et qu'elle puisse se
joindre à lui, oui ; si c'est contre le
nombre, il ne peut rien ni elle non

plus. La femme et l'homme n'ont
de véritable protecteur que Dieu;
la femme et l'homme doivent l'im-
plorer constamment, et s'aimer et
s'entr'aider de toute leur intelli-
gence. La force physique de
l'homme n'est rien ; sa force morale est tout. Une tuile le tue, une
seule de ses pensées le sauve et des
milliers de créatures avec lui. C'est
de sa force morale dont il faut que
l'homme s'honore. Lors du siége
de Syracuse, Archimède inventa
une main de fer qui saisissait un
vaisseau par la proue ; quel bras
humain y réussirait ? Ses miroirs
ardens brûlèrent les flottes de
Marcellus. Cette force morale suf-

fit dans le moindre de ses effets, pour faire regarder en pitié tous les efforts de la force physique de l'homme. Il n'y a pas de force physique dans l'homme qui puisse rivaliser avec celle de l'ours, du lion, de l'éléphant, et pourtant ces animaux tombent sous ses traits. Pourquoi? parce qu'il a recours à sa force morale qui lui fournit une puissance étrangère à sa force physique. — Mais, pour vaincre la femme, l'homme n'a besoin que de sa force physique. — Cela se peut; mais il est moins difficile à vaincre à son tour que la bête des forêts ne l'est pour lui. Une femme qui fait abandon de toute sa sensibilité, livrée à toute sa fureur, peut lutter heureusement, et surtout si dans ce moment elle songe à s'aider un peu de sa puissance morale, elle réduit au néant la brutalité de l'homme qui s'oublie au point de chercher à terrasser ce qu'il doit honorer et chérir. Mais ici comme nous tombons dans les acceptions, il faut nous en retirer. Il paraît donc que vous attachez l'idée de votre droit sur la femme à l'idée du plus fort? — Mais sans doute. — Le droit du plus fort est le droit de la bête; et l'homme qui est un être doué de raison ne peut se ravaler à ce point; et c'est aussi ce qu'il ne fait pas, sans quoi la possibilité de

vivre en société lui serait inter-
dite. — Il m'importe peu de tout
cela, ici je veux être le maître.—
Et moi je dois être la maîtresse.—
Je suis votre mari, j'ai le droit de
parler ainsi. — Le droit de mari
n'emporte pas celui de la tyrannie ;
je sens que ma conscience et ma
propre conservation s'y opposent.
Pourquoi avez-vous donc tant
d'horreur des tyrans ? — Cela doit
être, l'homme n'est point fait pour
fléchir, et je veux, moi, que ce soit
le partage de la femme. — Mais
donnez-moi donc des raisons qui
puissent prévaloir contre la nature.
— Je ne puis vous dire autre chose
sinon que c'est ma volonté, et

prenez-la pour une raison. — En
ce cas les rois despotes, les tyrans
de profession, font bien de mal-
traiter les peuples puisqu'une volonté est une raison, et ce n'est pas
à ces derniers de s'en plaindre.
Mais, croyez-moi, les deux sexes
n'offrent pas généralement, et dans
l'état de nature, le triste tableau
que vous en faites. Selon ce tableau
la vie de la femme lui serait
odieuse; vous ne voyez toujours
que le triomphe du vice; mais,
grâce au Ciel, ce n'est pas par ses
lois que se gouverne l'univers. Nous
sommes tous en naissant attirés l'un
vers l'autre; la volonté de Dieu est
une à cet égard, et toutes les lois

humaines ne pourront rien contre l'ordre immuable de la nature : qui n'en dévie pas, vit et meurt heureux. Détourner les sources du vrai bien, détruire l'ouvrage du Ciel, est un vain et criminel effort qui retombe toujours sur ceux-là qui l'ont tenté. Abuser de la sensibilité d'une femme, usurper son droit, ce n'est pas la vaincre, c'est au contraire la faire triompher jusque dans son malheur même ; c'est lui donner un appui dans tous les cœurs généreux ; c'est se vouer à l'exécration des hommes qui, généralement, tant il est vrai que la nature ne saurait perdre toute sa puissance, se révoltent à la vue d'une femme opprimée.

Ce petit cours philosophique et tant soit peu naturel, que me fit faire ma femme, aurait dû m'éclairer sur mes devoirs, et me faire apprécier tant de justice et de sensibilité. Mais je n'insistai pas moins sur mes intentions, et je lui demandai si elle préférait le scandale de nous séparer au parti de la patience, et surtout aux intérêts de notre enfant. Elle pleura beaucoup sur son sort et sur le mien; et pour ne pas me perdre de réputation, me dit-elle, elle consentait à tant d'humiliation, mais à condition pourtant que je ne la contraindrais pas à voir ma

maîtresse, que je ne l'amenerais
point en sa présence. Je le lui promis, et dès le soir même de cette
décision, j'allai chercher mademoiselle Virginie, ma chère figurante, et je lui fis habiter le corps-
de-logis opposé à celui que j'habi-
tais avec ma femme.

Au bout d'un mois de la possession de ce nouvel objet, voici ce
qui arriva. Je ne pus me défendre
de conduire aux Français ma femme
et une de ses amies; je ne sais
comment j'étais disposé, cette soirée; mais, en m'offrant à ces deux
dames pour les conduire, je fus
frappé des charmes de madame de
de Beauval, mais au point que je

me surpris à lui faire la cour. Ren-
tré à la maison, les mêmes idées me
suivirent; je ne voulus pas me séparer d'elle le reste du temps; et
cette femme, aussi bonne que belle,
daigna m'agréer; mais, époux in-
grat et méprisable que je fus ensuite!.... je me retirai d'auprès
d'elle pour me transporter dans
l'appartement de Virginie. Il était
deux heures du matin. Cette Virginie, que je croyais livrée au sommeil, cette Virginie, pour laquelle
je sortais des bras d'une épouse si
belle, si généreuse, était elle-même
dans ceux d'un jeune officier de
dragons que je reconnus aussitôt
pour celui qu'elle m'avait désigné

comme l'objet de ses dédains et le plus importun pour elle. Furieux alors, je m'élance sur lui ; mais il se dégage de mes bras, prend son épée, et me menace, en reculant de quelques pas, de me tuer si j'ose le toucher. Virginie jette un cri ; ma femme, qui n'était plus endormie, entendant ma voix et celle de Virginie, se lève, revêt une robe à la hâte, traverse la cour et s'avance au milieu du désordre.... Sa présence et ces mots : De Beauval, mon époux !... que faites-vous ? En grâce, faites que nos domestiques n'entendent rien ; saisissent d'étonnement et imposent un silence profond.... et Virginie se cache derrière les rideaux, plus tremblante que la feuille. Quoi! dit l'officier, vous êtes l'époux d'une si belle femme, et vous osez m'enlever ma maîtresse! Ah, monsieur, vous voulez étrangler un jeune homme qui ne désole personne !... Allons, Virginie, habille-toi, et sortons d'ici. Effronté, lui dis-je, tu parleras ainsi !... Et à peine j'achève ces paroles, qu'il reçoit, malgré qu'il a l'épée à la main, notez qu'il était, comme moi, d'une haute et forte structure; qu'il reçoit, dis-je, un soufflet vigoureusement appliqué. Alors, bouillant de colère, il dirige son arme sur moi, et sans madame de Beauval qui se préci-

pite à temps sur lui, j'étais percé
de part en part. Mais, étonné, ému
de voir ma femme dans ses bras, il
ne songe qu'à l'y retenir, et même
à l'y presser avec un transport qui
n'était plus celui de la colère. Va,
monstre, me dit-il, je sors d'ici
sans te punir ; mais rends en grâces
à cette femme adorable! Oui, madame, dit-il à ma femme, avec
un œil enflammé d'amour et de
respect, oui, c'est pour vous que
je n'éclate pas ici. Ah! madame,
dit à son tour Virginie qui sort de
sa cachette, je vous demande mille
pardons ; mais je suis moins coupable que vous ne pensez. Veuillez,
je vous en conjure, nous faire ou-

vrir les portes, que je me sauve avec mon ami. Quelle scène de scandale ! Si vous eussiez vu alors mon épouse, pâle, éplorée, et déjà avancée dans son état de grossesse, vous eussiez eu le cœur navré de peine ; mais je n'étais que furieux et immobile en même temps. Je prends enfin le parti de me rendre aux exhortations de ma femme, et elle m'entraîne hors de l'appartement de Virginie, qu'ensuite elle fait sortir avec le jeune homme. C'est elle-même qui, avec la précaution nécessaire, parvient à leur ouvrir la porte de la maison ; et de retour auprès de moi, j'ose l'entretenir, pour toute récompense de sa conduite en cette occasion, de mon courroux contre Virginie, et du besoin de me venger.

Voici un autre crime.

Peu de jours après ma fâcheuse aventure, pour m'en consoler, je voulus réunir chez moi des courtisanes que je connaissais, et les réunir dans l'appartement qu'avait occupé Virginie; mais je voulais que ma femme assistât à cette réunion, et cela dans une vue bien indignement intéressée. Sa vertu, en m'humiliant, m'inspirait une sorte de haine, de courroux, et j'avais juré de m'en venger : Tu y viendras, lui dis-je, en lui prodi-

guant les tendresses d'un libertin,
je veux que tu sois mon amie, et je
veux que tu fasses à ton tour ton
amant de ton mari. Allons, plus d'en-
fantillage, tu es trop belle et trop
spirituelle pour ne pas être sans
préjugés. Ah ! misérable, s'écria-t-
elle en se reculant de moi, arra-
chez-moi plutôt la vie que de me
traiter ainsi ! pouvez-vous à ce
point abuser de ma patience ? Eh
bien ! lui dis-je en tombant à ses
pieds, je te jure que ce sera le dernier trait que je porterai dans ton
cœur. Oui, je suis bien coupable,
mais ce sera pour la dernière fois
que tu auras à te plaindre de moi.
L'infortunée crut que je voulais

éprouver plus encore et sa bonté et
a patience.

Ai-je besoin, me dit-elle, de cette
dernière épreuve ?.... Et qui vous
dit, madame, qu'elle ne manque
pas à ma conviction ?..... Ces
paroles, prononcées avec un ton
artificieux, et suivies d'un silence
qui ne l'était pas moins, lui don-
nèrent à penser. Au bout d'un
grand quart d'heure, rompant enfin notre silence de part et d'autre :
Eh bien, lui dis-je tendrement,
que feras-tu ?... Eh bien, me dit-
elle enfin, j'y serai, monsieur....
Alors, comme un extravagant, je
la serrai dans mes bras, et volai pré-
cipitamment préparer mon ban-

quet. Mais à peine dix heures du
soir furent sonnées, que madame
de Beauval fut en proie à une fièvre
violente, et entourrée de ses médecins, aux soins desquels je la
laissai pour me rendre au milieu
de ces femmes qui, apprenant de
moi que madame ne serait pas des
nôtres, parce qu'elle était beaucoup
trop malade, voulurent aussitôt se
retirer, par la raison, dirent-elles,
qu'elles ne pourraient jamais se livrer à la joie, ma femme étant
dans une si triste position. En vain
j'insistai, je fus réduit à céder,
moyennant pourtant que la plus
jeune d'entre elles passerait la nuit
chez moi. Oh! je le vois bien,

vous frémissez tous d'horreur ; mais c'est ma confession que je fais.

Voici la troisième indignité.

Le jour de l'accouchement de madame de Beauval, une maîtresse que j'avais, et c'est celle dont j'ai dit que j'allais vous parler tout à l'heure, se trouvait dans la même situation. C'était une jeune personne de seize ans que j'avais enlevée de chez sa mère. Néanmoins, je dois dire que cet enlèvement ne m'avait pas coûté de grands risques ni de grands efforts, puisque la jeune personne m'avait suivi très-volontiers, et en voici la cause.

Sa mère était veuve depuis dix ans. Ne voulant pas contracter de

nouveaux liens, cette veuve avait
préféré d'agréer les soins de ce qu'on
nomme ordinairement un amant.
Euphrosine, car c'est ainsi qu'on
appelait cette jeune personne, était,
depuis son bas âge, traitée par cet
amant d'une manière plus qu'in-
convenante. La reprenait-il sur les
fautes, sur les écarts que l'enfance
est toujours sujette à commettre,
c'était en l'injuriant ; un mot gros-
sier frappait toujours en cet occasion l'oreille délicate d'Euphrosine, et sa mère assez imprudente
de le souffrir. Que dis-je ? cette
mère avait permis à ce cher ami
de *corriger mademoiselle si elle*
était insolente. Rarement le baiser

du matin était pour cette pauvre enfant... Elle le voyait donner à un
autre... Cette enfant prit d'abord
un grand fond-de chagrin qui, peu
à peu se changeant en une sorte de
dépit, fit de même perdre à sa mère,
sur ce jeune cœur, tous les droits
qu'en tout autre cas elle eût dû en
attendre ; et le premier homme qui
aurait témoigné un tendre intérêt
à Euphrosine, devait être incontestablement celui-là qui pourrait
la perdre, s'il n'était pas plus scrupuleux que moi. Pourquoi cette
mère s'était-elle si peu cachée dans
son amour? Euphrosine, plus d'une
fois en pleurant dans un coin de la
maison, s'était dit : Quoi ! cet

homme n'est pas mon père, et je
souffrirai ses insultes, ses brutali-
tés? Il me commandera, et ma mère
m'abaissera au point de m'ordon-
ner de le servir? ma mère lui per-
mettra de me corriger si je répugne
à une obéissance, à des respects
que je ne lui dois pas? Oui, s'il me
traitait avec égard, avec amitié; si,
quand je suis indocile, il me repre-
nait avec bonté, me faisait connai-
tre sagement toutes mes fautes, s'il
me punissait par une bouderie complète, et s'il mettait notre racom-
modement au prix de ma bonne
conduite, et si ma mère surtout
me portait plus d'attachement qu'à
lui; oui, je me soumettrais sans souf-

frir ; mais bien loin qu'il en soit ainsi , celui qu'elle appelle *son cher ami* est tout pour elle et moi je ne suis rien. Mère injuste! tu me rends jalouse et malheureuse. Eh bien , je fuirai de chez toi , et tu en seras le seul auteur. Euphrosine, à quatorze ans , se parlait encore ainsi parce que sa mère ne changeait pas ; et , quand elle eut quinze ans ; sa mère , revenue à soi , mais trop tard , la redemandait en pleurant, mais ne la retrouvait plus

Euphrosine , dis-je , accoucha en même temps que madame de Beauval, et , par une imprudence de ma part , ce fut la première chose que mon beau-père apprit. J'avais laissé

sur un de mes bureaux le billet que
cette jeune personne m'avait écrit,
et qui m'annonçait qu'elle m'avait
rendu père d'un joli petit garçon
ainsi que je l'avais souhaité, qu'elle
avait peu souffert et qu'elle m'attendait le soir même. Et le tout signé,
Euphrosine. Le vieillard éploré me
confondit avec ce malheureux billet. De fureur j'abandonnai Euphrosine, qui vainement écrivait lettres
sur lettres. Un mois après cette dé-
couverte faite par mon beau-père,
et j'étais sorti alors, se présenta une
jeune femme pour me parler. On
la conduisit chez madame de Beauval qui l'accueillit avec sa grâce et
sa bonté accoutumées, et qui en fit

éclater bien plus encore quand cette
jeune femme, ayant reconnu qu'elle
parlait à mon épouse, versa une
grande abondance de pleurs, et lui
raconta son malheur. Où est votre
enfant? lui demanda madame de
Beauval. Hélas! madame, répondit-elle, je le nourris; mais bientôt je n'en aurai plus le moyen.
o madame, combien je suis coupable! J'ai fui de chez ma mère;
il est vrai que j'y étais malheureuse,
mais je n'y étais point déshonorée.
Madame de Beauval émue du repentir, de la douleur bien sincère
et de la malheureuse position d'Euphrosine, lui promit tous ses soins.
En effet, à mon insu, elle l'aida à

élever son enfant, et lui fit aussitôt
apprendre un état. Euphrosine répondit à tant de générosité par une
soumission, par une reconnaissance
admirables. Une telle conduite tou-
cha si vivement madame de Beauval
que, pour compléter son ouvrage,
elle forma le projet de la marier,
et y réussit au bout de six mois
qu'elle l'avait connue, en la dotant
de quelques mille francs, qu'elle
prit dans ma caisse.

D'abord elle lui avait fait obtenir un entier pardon de sa mère,
qui se hâta de se marier avec celui
qu'elle avait aimé aux dépens d'Euphrosine; lequel reconnaissant ses
torts envers cette jeune personne,

sut devenir son ami et en fut traité comme un père, avec une affection bien sincère.

Ce ne fut que quand madame de Beauval eut fait un tel usage de mon argent, qu'elle me fit venir auprès d'elle, afin de m'annoncer, qu'elle avait rempli mon devoir et obtenu l'assurance que l'action coupable que j'avais commise envers cette jeune personne ne serait jamais révélée. Vous pensez, sans doute, que cette belle action de ma vertueuse femme aurait dû me faire tomber à ses pieds, et abjurer mes criminels penchans? Eh bien, non, je m'y livrai de plus en plus. Je fis ouvertement des scènes à ma femme,

je la querellai effrontément, indé-
cemment; et un jour, entre autres,
j'allai jusqu'à la menacer enfin de
la chasser, et je crachai sur sa
belle figure. Alors, avec une promptitude inconcevable, elle s'empara
de deux pistolets chargés, qui
étaient restés sur la cheminée,
m'ordonna d'en prendre un, me
poursuivit dans l'appartement et allait m'atteindre quand sa fille jetant
un cri, elle s'élança vers elle, et
tombant aux pieds de cette enfant,
mourut aussitôt dans les accès du
désespoir... Je viens de vous le dire,
je ne la regrettai pas, et depuis le
crime ne m'a pas coûté le moindre
effort ni la moindre hésitation.

Le père de cette infortunée, comme je vous l'ai annoncé d'abord, ne lui survécut que d'un an, et peu de temps après je perdis aussi mon père et ma fortune s'en accrut considérablement. Alors la révolution française ne fit que l'augmenter, parce que je m'intriguai comme tant d'autres, et que je sus recevoir de toutes mains. Immédiatement après notre régime républicain, vous savez qu'il y eut un autre ordre de choses, c'est-à-dire, le gouvernement impérial. Les majorats furent rétablis, et avec mon argent je devins comte de Beauval.

Avant d'avoir la possession d'un titre, je n'élevai pas moins ma fille

dans le but de la marier avec un
homme de condition. M. le duc,
que voici, était sur le point de l'é-
pouser quand elle donna la préfé-
rence à monsieur qui est mon gendre. M. le duc poussa la générosité,
tout en adorant ma fille, jusqu'à
solliciter vivement l'union avec elle
de son rival protégé ; je cédai avec
la fureur dans le cœur, et je me
vengeai sur mon gendre, à qui je fis
porter un coup meurtrier. Mais je
me vengeai de manière à faire sus-
pecter celui-là même qui s'était dé-
claré l'inséparable ami des deux
époux, car je tenais plus à la perte
du duc qu'à celle de l'époux de ma
fille. Pourtant vous saurez que ma

vengeance, tout en pesant si fort
sur ce dernier, était alimentée par
d'anciens ressentimens bien plus
que suffisans dans de telles conjonc-
tures, puisque l'ambition n'a jamais
besoin, pour faire éclater ses fureurs, d'autres motifs que ses dé-
sirs déçus... Lors de son union avec
ma fille, en jetant les yeux sur les
papiers d'Edmon, je le reconnus
pour le fils d'un homme auquel je
m'étais confié dans ma jeunesse, et
qui, jeune alors comme moi, m'a-
vait aidé non pas dans l'enlèvement
de Lodoïska, mais dans les moyens
de faire passer au comte de Woronski cette lettre, qui lui apprit le déshonneur de sa fille, puis à me faire

párvenir la réponse de la comtesse.
Il m'avait bien servi, et je le croyais
mon meilleur ami ; sa bonhomie,
sa douceur, tout en lui m'avait engagé à cette sorte de confiance dont
j'avais tant de besoin, et qui s'augmenta d'autant plus qu'il refusa
constamment les services que j'é-
tais à même de lui rendre dans son
état de médiocrité. Ce fut lui qui
alla trouver la fille du lord, et qui
me divulgua; et non content de cette
démarche, lorsqu'il sut le mépris
que cette demoiselle faisait de moi,
il me fit passer une lettre dans laquelle il me traita horriblement,
et me dit que si j'avais encore un
reste de sentiment pour m'en trou-

ver offensé, il m'attendait une épée
à la main ; qu'il rendrait grâces au
ciel, si lui, Perrier, car c'est ainsi
qu'il se nommait, pouvait me mettre hors d'état de porter mes vices
dans la société et la désolation dans
les familles. Je me confesse d'avoir
été beaucoup trop lâche à cette
époque. Je ne répondis point à la
provocation, selon les vœux de ce
jeune homme, et je cherchai à lui
faire beaucoup de mal sans qu'il se
doutât que cela vînt de moi. J'appris par la suite qu'il s'était engagé
dans les gardes françaises, je sus
même qu'il était marié, et au moment où ma vengeance, en le pour-
suivant secrètement, était bien près

de l'atteindre, il mourut honorablement en 1800, dans les plaines de Marengo.

Voyant que mes manœuvres contre le duc ne réussissaient point à mon gré, je l'attaquai individuellement, et lui tirai moi-même un coup de pistolet dans le bois de Boulogne. Ensuite je m'enfuis chez l'étranger.

Je n'omettrai pas que je fis une victime d'un autre genre dans une jeune femme que je fis enlever, pour me servir dans mes manœuvres; je veux dire que je la chargeai de toute ma correspondance, pour laquelle je la trouvai fort convenable, non pas qu'elle s'en chargeât volontairement; je la retins pendant un an dans la plus grande contrainte à cet égard. J'en eus un enfant qui mourut huit jours après qu'il fut né, par l'effet des révolutions cruelles qu'elle éprouva. En fuyant, je la confiai à un de mes affidés, à qui j'ordonnai de la transporter dans une autre maison, et de l'y garder constamment parce qu'il m'était impossible, ne voulant pas m'en défaire par un crime, de la rendre libre; elle en savait trop sur ce qui me concernait pour ne pas être à même de me perdre. J'ai su depuis que cette maison avait été incendiée par l'imprudence de cet affidé, qu'il était mort dans les

flammes, et que ladite jeune femme
s'était heureusement échappée de
sa prison.

Arrivé chez l'étranger, j'y achetai
des commandemens militaires: avec
de l'argent que ne fait-on pas? J'ar-
rivai en ennemi sur le territoire
français ; je me fis loger, moi et
officiers, chez ma fille où je savais
trouver les deux objets de ma haine.
J'imaginai de les perdre en les accu-
sant d'avoir empoisonné le vin qui
était à notre discrétion ; mais ils
triomphèrent en cette occasion.
En 1815, je revins à la charge ;
j'avais changé de nom, et je me
fis de nouveau loger chez eux. Pour
cette fois leur perte était résolue,

effectuée sans la trahison d'une jeune
femme, que je croyais être un jeune
officier de ma troupe. Alors je commandais une colonne prussienne ;
en 1814, je commandais des Anglais. Je fus divulgué par elle au
général, et je quittai aussitôt le ré-
giment ; mais j'allai trouver le
prince de*** qui était à Paris, celui qui m'avait si bien protégé dans
mon avancement militaire, et qui
était tout prêt à le faire encore. Je
le conjurai instamment de faire ac-
cepter ma démission, j'imaginai des
causes très-importantes ; en peu
d'heures j'obtins ce que j'avais demandé, et je partis aussitôt pour
l'Italie. Après dix-huit mois passés

d'ennui, je revins tout machinale-
ment dans ce pays où le hasard, le
moins attendu, me fit rencontrer
le jeune Prussien, je veux dire la
jeune femme, mais que je ne suppo-
sais pas de son sexe; je la guettai, et
au sortir de cette maison, car c'est
chez mes enfans mêmes qu'elle venait, je la frappai d'un poignard,
croyant donner à un traître sa juste
récompense. Ce dernier assassinat
paraît avoir mis un terme à ma carrière criminelle, puisque mes enfans me tiennent en leur puissance
pour ne jamais m'abandonner à
moi-même, dont ils veulent, disent-
ils, me préserver ainsi qu'eux. Voilà,
monsieur, ce que j'avais à vous

dire , et je ne vous demande pas
ce que vous pourriez faire à mon
égard... O monsieur , je ne pourrais rien , reprit le saint homme
d'une voix tremblante , priez seul
pour vous ;... mon intercession ferait frémir le ciel !... Et il se retira
la pâleur sur le visage , en jetant
sur nous , assistans , des regards de
douleur et de compassion.

Cet homme n'a pas raison, nous
dit de Beauval ; et moi, ajoute-t-il ,
j'ai dû parler pour la dernière fois ,
oui, pour la dernière fois...

Nous demeurâmes saisis de terreur, car nous devinâmes bien la
résolution du criminel. En effet ,
dès ce moment, il ne voulut rien

prendre de ce qui lui était ordonné,
et il refusa dans le plus morne silence, des mains de sa fille sup-
pliante, le plus faible aliment. Les
médecins, instruits de cette résolution, nous dirent que, de quelque
manière que ce fût, il nous serait
bien difficile de vaincre son obstina-
tion ; il y persista donc. Et au bout
de deux jours la fièvre de l'inanition
s'empara fortement de lui, et le mal
augmenta très-visiblement. Ce fut
alors qu'il ne put être le maître,
ainsi qu'il l'avait cru d'abord, de
dévorer constamment dans le silence, et les souffrances de l'âme,
et celles du corps. Les accens de la
douleur trahirent tout son stoïcis-

me, et il rentra, à cet égard, dans
le commun des hommes. Eléonore
profita de cette occasion de s'approcher de lui, et de tenter encore de
le faire changer de pensée. Dans ce
moment il avait les yeux animés,
le geste expressif, la parole brève;
cependant sa raison ne s'altérait pas
comparativement au mal qui le
poursuivait. Ma fille, dit-il, ma
fille, laisse-moi.. Non, reviens.
Eh bien, où est-il donc ce prêtre, cet
homme désolant? Dis lui... non,
ne lui dis rien; ne le rappelle pas,
laisse le fuir effrayé de mes aveux!
Son intervention, a-t-il dit, ferait
frémir le Ciel!... Mais que dis-je
moi-même?... Qu'il revienne; qu'il

s'approche encore de mon lit, de
ce lit où il faut que la mort me
frappe sans pitié, où je l'attends
cette mort, avec intrépidité, avec
fureur... Oui, j'aurais honte de vivre
encore. Qu'il reparaisse donc ce
ministre, et qu'il m'apprenne de
quel droit il m'a fait cette réponse
accablante... Il en doit être respon-
sable devant Dieu ; il n'a pas rempli le devoir d'un ministre humain,
charitable ; ses cheveux blancs m'en
ont imposé ; qu'il reçoive d'un indigne moribond la leçon dont il a
besoin. Ma fille, tes larmes cou-
lent inutilement ; encore une fois
je veux mourir, et j'ai laissé s'ac-
croître mon mal dans cette vue. Il
n'est plus temps de reculer, je ne le

sens que trop. A chaque parole que
je prononce, les douleurs deviennent plus aiguës;... mon état va
bientôt devenir affreux !... Mais,
dis-moi donc, ne reviendra-t-il pas
ce prêtre consolateur de l'homme
qui n'a pas péché criminellement ?

Nous nous étions hâtés de rap-
peler ce vieillard vénérable ; mais
à l'instant qu'il s'approcha du lit,
de Beauval, livré à un accès de
fièvre, ne le reconnut pas. Ne le
quittez pas, monsieur, lui dit Eléonore ; ah ! tout criminel qu'il est...
Et les pleurs de cette infortunée
l'empêchèrent d'achever ce qui se
devinait aisément.

Lorsque de Beauval recouvra un
moment de calme, mais de ce

calme trompeur, de ce calme qui
n'est toujours que le précurseur
d'un mal plus cruel encore que
celui qui l'a précédé, nous es-
sayâmes de nouveau à lui faire
prendre quelques alimens; mais
nous nous employâmes encore trop
inutilement à cet effet. Douceur,
prières, violences, menaces du
Ciel!... rien n'ébranla sa résistance.
Mais, comme il l'avait dit, le mal
s'était trop accru, et le temps qui
s'écoulait déterminait sensiblement
l'agonie. La nuit qui suivit le troisième jour fut bien cruelle à
passer !... L'ecclésiastique n'avait
pas quitté de Beauval, que nul de
nous n'avait pas quitté non plus;
il nous appela presque tous de notre

nom. Ses yeux étaient constamment attachés sur Eléonore, et ne purent se mouiller de pleurs. Lui-même nous le fit observer en ces termes : Voyez, je ne puis répandre une larme !... Il faut que l'incendie me consume ainsi !... Les laves du Vésuve circulent dans mon sang !... Puis s'adressant à l'ecclésiastique qu'il avait enfin reconnu : Eh bien, que me direz-vous ? Ne vous apercevez-vous pas que les remords que je ne sentais pas il y a trois jours m'assiégent à présent ? Sont-ce les approches de la mort qui font cela ? Non, je ne la crains pas, et je ne crois pas aux peines éternelles. Et d'ailleurs, à l'heure qu'il est, pourquoi y croirais-je ? Eh ! si j'y

croyais, il faudrait me déper-
suader. Mais, dites-moi, je voudrais.... Qu'allais-je demander !...
Parlez, lui dit le respectable ministre, parlez, mon fils !... je viens de
prier pour vous, et peut-être ne
pouvez-vous rien souhaiter que le
Ciel ne vous le pardonne !... Vous
avez prié pour moi, reprit de Beauval ? Et que sentez-vous en vous-
même ? — Que la divinité m'en-
courage et m'ordonne maintenant
de vous secourir et de vous consoler. A cette réponse, il resta
muet quelques momens; et après
il répéta ces mots : De me secourir
et de me consoler !... Puis comme
saisi par un nouvel accès : Eh bien,
dit-il, je veux donc.... Oui, ma

fille !... approche , viens que je te
bénisse !... O Ciel ! j'oserais ?...
Non, mon enfant,... non, recule-
toi. Quoi ! ma main ensanglantée
pourrait errer sur ta tête innocente !... O la plus vertueuse des
femmes ! recule-toi, te dis-je ; tu
serais complice d'un sacrilége affreux !... Mon père, lui dit Eléonore tombant à genoux, pâle et
presque défaillante, me voilà !...
Non, répondit-il avec plus de
véhémence encore , non, jamais !..
Vois plutôt, vois la profonde plaie
que j'ai faite dans le flanc de ton
époux chéri, vois couler son sang ;
vois couler celui de tes vertueux
amis; et vois, avant tout, ta mère
expirante sous les yeux de ton en-

fance, au moment même que pen-
chée vers cette mère trop malheureuse, tu cherchais encore à t'ali-
menter à son sein déjà tout glacé !..
Oh ! horreur de moi ! où suis-je ?
remords épouvantables !..Oui, em-
parez-vous tous de mon âme re-
belle !... Ah ! vous triomphez enfin,
et vous êtes comme autant de ser-
pens qui dévorez mes entrailles !...

Après cette explosion, il voulut
s'élancer hors du lit ; mais nous l'y
retînmes avec force ; et chose à
laquelle Bargeny contribua beaucoup en le serrant étroitement dans
ses bras, ce dont il s'aperçut si
bien, lui de Beauval, malgré ses
esprits égarés, que fixant ses regards
sur Bargeny : Quoi ! lui dit-il, c'est

toi qui me soutiens !... toi que je ne puis bénir non plus !...Toi mon fils!..
Puis quelques momens après, et poussé plus encore par l'excès de la fièvre et du délire:Mais qu'est-ce que j'entends ? qu'est-ce que je vois, s'é-cria-t-il ? Bourreaux ! laissez-moi!...
laissez-moi, vous dis-je !.. Pourquoi m'arracher de leurs bras ?... Ils me pardonnent ; ne me frappez plus ; ne me déchirez plus !..Tout mon corps n'est bientôt qu'une plaie !... Mais où me jetez-vous done ?... Quels gouffres ! quels abîmes !... Quoi! vous voulez ?... Mais vous avez rai-son ! oui, je l'ai bien mérité !...
Et en achevant ces mots, il tomba, tout couvert d'une sueur glacée, dans le plus grand accablement,

auquel peu de temps après l'a-
gonie succéda, en augmentant pro-
gressivement, avec la renaissance du
jour, les angoisses les plus cruelles.
Alors le duc et moi nous fîmes
éloigner de la maison, afin de les
préserver d'un spectacle horrible,
ma femme, madame Hertfort et
Bargeny, et même le vénérable
ecclésiastique qui ne pouvait déjà
plus soutenir la vue d'une pareille
fin. Cette agonie dura trois jours,
et ce fut après les convulsions, les
crises les plus terribles, les gémissemens les plus effroyables, que de
Beauval exhala son dernier soupir.

Tel fut donc le supplice que s'in-
fligea un des hommes les plus criminels dont la terre ait jamais été

souillée ! Il mourut six semaines après madame Bargeny ; ce fut donc vers la fin de décembre 1817.

Vous n'avez pas de peine à croire que nous nous disposâmes de suite à revenir à Paris. Quant à Bargeny il partit pour Cambrai en nous laissant sa mère et son enfant.

Pour cette fois nous revînmes donc pre ndre possession de nos domiciles, sans craindre notre tyran. Mais, grand Dieu ! de quel autre coup allions-nous être frappés !... L'état physique d'Eléonore nous causa bientôt les plus cruelles alarmes ! Hélas ! dans la crainte de nous affliger, cette chère amie avait essayé, pendant les premiers mois de notre retour, de nous

cacher tout ce qu'elle souffrait ;
mais le mal l'emporta sur sa courageuse dissimulation. Elle dépé-
rissait d'ailleurs trop visiblement ;
et reconnaissant trop bien sa cruelle
position , enfin elle me tint ce
discours :

« Mon bien-aimé, pardonne-
moi, je t'en supplie, pardonne-
moi de t'affliger... Mais toutefois
songe bien à tout le courage qu'il
me faut pour m'y résoudre. Cependant il faut aussi réunir toutes tes
forces pour m'écouter... Edmon ,
je t'adore, j'adore mon enfant ;
mais je sens qu'il faut que je vous
quitte.... Edmon, c'est au nom de
Dieu que j'implore ta vertu courageuse : promets donc qu'après

moi, quand bien même ta fille chérie te serait enlevée, de ne jamais attenter à tes jours ; de n'accélérer ta fin en aucune manière ; songe bien que mon ombre en frémirait ! Oui, mon ombre en frémirait ; et ce n'est point une fiction. Le suicide est un crime affreux ; et si tu le commettais, tu serais à l'égal d'un malfaiteur qui frappe la vertu même. Promets donc, et tu n'auras pas trop promis, quelle que soit ta douleur !...

Non, je n'ai plus la force de lutter contre mes souffrances ; je sais pourtant que je ne suis pas criminelle, puisque l'intention fait tout ; mais je ne puis vaincre l'horreur que m'inspire cette espèce de

parricide involontaire ! Je sais que
j'ai abattu notre ennemi dévorant,
je sais que c'était au moment même
qu'il allait frapper encore une victime ; et quoique sa chute fut dé-
clarée non mortelle , elle le réduisit
à l'impuissance, irrita son coupable
orgueil , et le détermina à s'inffliger
un supplice épouvantable !... Mais
cet ennemi dévorant, mais ce grand
criminel que le repentir a peut-être
bien moins poursuivi qu'un monstrueux dépit, c'était mon père !..
Et puis ne suis-je pas réduite aussi
par dix ans de souffrances ! O mon
ami, laisse-moi descendre au tombeau sans une crainte non moins
déchirante , sans des appréhensions

non moins terribles que toutes les
douleurs qui vont bientôt m'y pré-
cipiter !... Laisse au temps le soin,
non de m'arracher à ton souvenir,
mais d'adoucir ta peine. Cher
époux, songe que c'est Eléonore
qui te supplie : calme-toi, rap-
pelle-toi qu'Adèle a besoin de ton
existence. La sienne peut bien n'être
point incertaine ; et tu seras un jour
l'objet de ses tendres soins, de sa
tendre piété. Cette enfant aimable
connaît déjà tout le prix d'un bon
père ; la raison à cet égard est
venue pour elle avant l'âge. Combien son jeune cœur ne s'alarme-t-il
pas de mon état languissant et de
ta douleur ! je la vois verser des

pleurs en me regardant attentive-
ment. Toutefois elle essaie de me
les cacher. Ensuite sa vue se re-
porte sur toi ; et j'observe dans un
douloureux silence ce que pro-
duit sur elle le sentiment de la
nature. Garde-toi de lui donner la
crainte de te perdre bientôt ; ménage cette âme tendre, ce cœur
tout innocent et trop dévoué pour
ne pas se livrer au désespoir tout
comme il se livre au bonheur de
nous chérir tous deux. Jusqu'à mon
dernier soupir, l'un et l'autre vous
remplirez mon cœur!... Eh bien,
pour ma récompense, au nom du
Ciel, vivez pour honorer ma mémoire ; non point au sein de conti-

nuelles douleurs, mais au sein de cette douce paix qui doit être sur la terre le partage de la vertu. Oui, mon tendre ami, mon ombre se réjouira lorsque tes mains pieuses, ainsi que celles de mon enfant, déposeront une fleur sur ma tombé! et déjà j'en suis reconnaissante par-delà l'éternité! »

Qu'ai-je entendu, m'écriai-je, lorsqu'Eléonore m'eut tenu ce discours! La volonté de ta bien-aimée, me répliqua-t-elle ; jure donc d'y souscrire. Quelle était ma situation! ma femme était mourante, et il fallait que je vécusse quoi qu'il arrivât!... J'obéis donc; et elle reçut mes sermens solennels. Alors ses

4.   22

yeux et son sourire exprimèrent
cette joie céleste que goûtent sans
doute par anticipation les âmes les
plus pures.

Hélas ! elle s'occupa de tout ce
qui nous concernait ; elle mit ordre
à tout. Ensuite elle écrivit sa situation à Bargeny, qui n'était pas sans
la connaître par madame Hertfort, qui gémissait de la perte que
nous allions faire, autant qu'elle
eût gémi de la perte de son enfant.
Eléonore, en même temps, de-
mandait à voir son frère... pour
la dernière fois. Bargeny se hâta
donc d'arriver. A l'aspect d'Eléonore, il n'eut pas la force de contenir sa douleur ; il versa devant

elle une grande abondance de larmes. Il ne fut que trop convaincu
que c'en était fait, car, alors qu'il
arriva, nous n'avions plus que quelques jours à la posséder.

C'est donc du premier octobre
1818 que date la plus funeste
époque de ma vie. Ah ! madame,
si vous l'eussiez vue cette femme
adorée !.... Il était deux heures
après midi. Madame Hertfort,
Bargeny, son enfant, notre ami,
Sophie, Adèle et moi, nous étions,
non près de son lit, car, pendant
ses souffrances, elle ne fut point
alitée, mais réunis à ses côtés, ou,
pour mieux dire, nous l'entourions.
Ses traits s'altéraient si visible-

ment que nous en frémissions en
secret. Elle nous parlait, mais à
chaque minute sa voix s'affaiblis-
sait; à chaque minute ses membres
devenaient de plus en plus défail-
lans.... Hélas! elle ne voyait que
trop ce qui se passait en nous. Mes
tendres amis qui m'entourez, nous
dit-elle, mon époux bien-aimé,
mon frère, et vous, Henri, ou
plutôt mes deux frères bien-aimés;
bonne Hertfort; Sophie, fidèle
confidente de toutes nos peines, et
toi, ô mon Adèle! par pitié, ne
vous anéantissez donc pas dans la
douleur, je vous en supplie, soyez
tous courageux! Ce moment, sans
doute, doit vous être bien sensible!

Mais ne me privez pas de vivre
en vous encore long-temps !....
Que j'emporte avec moi cette consolation. Embrassez - moi tour à
tour ! Et dès que nous l'avons em-
brassée, Sophie, dit-elle, fais venir
nos bons serviteurs, je veux les voir
tous ici.... Et aussitôt nos serviteurs entrent. Mais dans quelle
affliction s'offrent-ils à sa vue ! Mais
il eût fallu voir au milieu de nous
la pauvre petite Adèle. Eléonore
fait un mouvement pour attirer
sur son sein cette enfant éplorée
qui était à ses genoux, et qui se re-
lève alors : Calme-toi, chère amie,
lui dit-elle, calme-toi, ta maman ne
souffre pas; elle est obéissante à Dieu.

Ici, il ne nous est plus possible
de nous vaincre, et Eléonore ne
parle plus qu'au milieu de nos pro-
fonds gémissemens. Nous ne pouvons articuler un mot ; nos soupirs,
nos sanglots redoublés sont les
seules expressions à travers lesquelles pénètrent les accens mou-
rans de la plus infortunée comme
de la plus adorable des femmes.
Puis, après avoir donné un baiser
à l'enfant de son frère : Ame de
l'illustre et vertueuse Eloïse, dit-
elle, si j'ai mérité que mon âme
habitât le même séjour que toi,
ah ! sans doute qu'il lui sera permis
de contempler aussi la splendeur
divine, de demander aussi mille

bénédictions pour eux sur la terre.
Mais, ô mon Dieu ! quelle que soit
la région où il te plaira de me placer aussitôt que je vais être dégagée
de ce corps périssable , daigne
prendre pitié de leur douleur ! Puis
après un peu de silence : Oui ,
les portes de l'éternité sont ouvertes
devant moi ;..... tout mon sang se
glace ;.... le moment approche ;....
Edmon !.... éloigne mon enfant ;
ce spectacle est trop effrayant....
Non , non , s'écrie aussitôt Adèle ,
ne m'éloignez pas d'ici.... je veux
mourir aussi !.... laissez-moi auprès de ma pauvre maman. O ma
fille bien-aimée , répond Eléonore ,
il ne faut pas mourir avec moi ; il

faut vivre pour ton père, pour le consoler ; promets-moi que tu le consoleras !..... Eh bien ! oui, lui dit l'enfant, étouffant dans ses larmes, je te le promets ; oui, je prierai le bon Dieu qu'il me fasse vivre pour mon papa ! O ma bonne petite maman, ajoute-t-elle en joignant les mains, bénis, bénis ton Adèle !... Chaste enfant ! lui dit Eléonore d'une voix qui était tout près de s'éteindre, modèle de la plus touchante et de la plus sincère piété, oui, je te bénis !.... J'y pensais en même temps que toi : je te bénis donc, en suppliant le Ciel qu'il te préserve de tous les maux que nous avons soufferts !....

Puis après encore un peu de silence : Edmon, mes amis, je vous en conjure, accomplissez les vœux que je... mais je n'y vois plus.... Mon bien-aimé! mon enfant!.... Adieu, vous tous, encore une fois, adieu !!... Et à peine a-t-elle prononcé ces paroles, qu'elle expire.... s'écrie M. Edmon avec l'accent du désespoir, et comme si le malheur qu'il me raconte arrivait à l'instant même. O grand Dieu! ajoute-t-il, faut-il donc que je sois condamné à vivre encore.

Ici finit le récit de cet homme si sensible et trop infortuné!

Quant à madame Valmy, il fut décidé entre elle et moi que son

aventure avec de Beauval devait
être un obstacle à ce qu'elle se ren-
contrât avec les victimes de ce
monstre ; car , après avoir réfléchi
quelque temps , je ne crus pas devoir lui cacher ce qu'il en était , et
elle promit donc d'éviter soigneu-
sement la moindre entrevue.

On pense bien que je fis connaissance avec le duc , Bargeny
et madame Hertfort ; mais ce ne
fut qu'un mois après que j'eus
connu M. Edmon. D'abord ,
quant au duc , parce qu'il était à
la campagne ; et quant à Bargeny
et à madame Hertfort, parce qu'ils
n'étaient pas encore arrivés de Munich , où ils s'étaient fixés pour
toujours ; parce qu'ils n'étaient pas

encore arrivés, dis-je, de cette ville
pour passer , ainsi qu'ils en avaient
contracté l'engagement , quelques
mois de l'année auprès de M. Edmon. Je n'oublierai pas de dire
que je leur fis aussi une très-vive
impression à l'occasion de cette
ressemblance si extraordinaire.

Autant qu'il m'est possible , je
me trouve au milieu de mes nouveaux amis ; de ces êtres si bons,
si affligés !... Je fais tout ce qui
dépend de moi pour les consoler.
Quand je parviens à les distraire
quelques momens de leurs douleurs,
quand un sourire vient effleurer
leurs lèvres ; quand un peu de sé-
rénité se répand sur leurs traits ;
enfin quand je me suis à ce point em-

parée de leur attention, je n'ai pas
d'expression pour parler de la joie
que j'en ai ressentie ! Et pourquoi ?
parce que leurs maux sont de la
nature de ceux dont on ne guérit
pas. Il est donc, quoi qu'aient dit
de certains philosophes, des plaies
que le temps ne peut cicatriser.
Hélas ! ces philosophes ont perdu
de vue que la vie de l'homme est
trop limitée, en raison des souvenirs qu'il peut conserver ! Qui
de nous, si vieux qu'il soit selon
cette vie limitée, a jamais oublié
les premières impressions du cœur,
ou les coups affreux de l'adversité?

FIN DU QUATRIÈME ET DERNIER VOLUME.

www.ingramcontent.com/pod-product-compliance
Lightning Source LLC
Chambersburg PA
CBHW071817020726
47502CB00004B/1136